Noites de alface

Vanessa Barbara

Noites de alface

Copyright © 2013 by Vanessa Barbara

Todos os direitos desta edição reservados à
Editora Objetiva Ltda.
Rua Cosme Velho, 103
Rio de Janeiro — RJ — Cep: 22241-090
Tel.: (21) 2199-7824 — Fax: (21) 2199-7825
www.objetiva.com.br

Capa
Mariana Newlands

Imagem de capa
Bill Ray / Time Life Pictures / Getty Images

Revisão
Taís Monteiro
Rodrigo Rosa
Ana Kronemberger

Editoração eletrônica
Abreu's System Ltda.

CIP-BRASIL. CATALOGAÇÃO-NA-FONTE
SINDICATO NACIONAL DOS EDITORES DE LIVROS, RJ

B184n

    Barbara, Vanessa
        Noites de alface / Vanessa Barbara. – 1. ed. – Rio de Janeiro: Objetiva, 2013.
        165 p. ; 23 cm.

        ISBN 978-85-7962-239-7

        1. Ficção brasileira. I. Título.

13-02568   CDD: 869.93
                                                             CDU: 821.134.3(81)-3

Noites de alface

Raios que me partam, valeria a pena nascer neste mundo nem que fosse apenas para dormir.

HERMAN MELVILLE, *Moby Dick*

Quando Ada morreu, as roupas ainda não tinham secado. O elástico das calças continuava úmido, as meias grossas, as camisetas e as toalhas de rosto penduradas do avesso, nada estava pronto. Havia um lenço de molho dentro do balde. Os potes de recicláveis lavados na pia, a cama desfeita, os pacotes de biscoitos abertos em cima do sofá — Ada tinha ido embora sem regar as plantas. As coisas da casa prendiam a respiração e esperavam. Desde então, a casa sem Ada é de gavetas vazias.

Otto e Ada se casaram em 1958, durante uma troca de prefeitos na cidade. Compraram uma casa amarela e decidiram que não teriam filhos, cães, gatos e nem sequer um coelho de estimação. Encravado num morro, o vilarejo era composto de umas poucas ruas paralelas, com casas apinhadas e grudadas umas às outras. Muitas estavam vazias há anos. Otto e Ada viveram cinco décadas cozinhando juntos, montando enormes quebra-cabeças de castelos europeus e jogando pingue-pongue nos fins de semana, até que veio a artrite e tornou a atividade impossível. Ada foi envelhecendo com Otto, e no fim das contas era quase impossível distinguir o tom de voz, a risada, o jeito de andar de um e de outro. Ada tinha os cabelos curtos, era magra e gostava de couve-flor. Otto tinha os cabelos curtos, era magro e gostava de couve-flor. Andavam sem parar pelos corredores e levavam juntos o lixo para fora. Ada arrumava a casa em suas variadas minúcias e fazia a maior parte do trabalho doméstico enquanto Otto a seguia com histórias sem clímax. Eram bons amigos, de modo que a morte de Ada deixou silêncio nos corredores da casa amarela.

Com o passar do tempo, Otto foi aprendendo o que fazer com as lâmpadas queimadas, mas continuava sem vontade de tirar o pijama. E assim foi ficando, embrulhado na manta xadrez mesmo nos dias de calor, sentindo falta de Ada e cuidando das coisas domésticas, das manchas no sofá, da louça suja. Era um viúvo silencioso, resignado e diligente. Enxergava em suas tarefas a presença da esposa e por isso não queria mais sair de casa. Pedia mantimentos da mercearia local, remédios da farmácia, vivia tranquilo e não incomodava ninguém.

Respeitosos, os entregadores cultivavam esse silêncio: batiam à porta como se entrassem num mosteiro, pediam para Otto assinar os recibos, perguntavam se estava tudo bem só por perguntar. Gostavam de olhar para cima e dizer: vai chover mais tarde, é bom recolher as roupas do varal, talvez esfrie um pouco e seja preciso trocar de pijama. Tempo louco. Como vai a ciática? Otto fazia que sim com a cabeça, meio distraído, pensando que os entregadores não agiam assim quando Ada morava lá. Ada atendia a campainha e já ia mandando o moço da farmácia sentar. Nico abria a mochila para mostrar alguma coisa e lá iam os dois cochichar assuntos muito importantes, de modo que às vezes Nico até se esquecia de entregar as pomadas, as aspirinas e os remédios para a pressão.

Ada guardava todos os segredos do lugar. Conhecia histórias de cada um dos vizinhos e as contava quase aos sussurros durante a janta com Otto: Nico ganhava uma miséria na farmácia, queria mesmo era ser nadador profissional, morava com a mãe e passava o tempo livre na piscina. Ele ria como um macaco, com a boca aberta ao máximo, sem fazer barulho. Aí um dia ele mergulhou e, quando subiu, estava rindo desse jeito. "Todo mundo achou graça", contou Ada. "Ele afundou de novo, subiu. Todo mundo riu. Aí ele afundou e não voltou mais. Moral: se você ri com a mesma cara com que se afoga, mude seus hábitos."

Mas a história não era trágica, e Nico decidiu que atravessaria o estreito de Dover — nem que, para isso, tivesse de passar a trabalhar meio período na farmácia. Ada acompanhava sua saga aquática com os olhos muito abertos e um grandessíssimo interesse, feito um romance intrincado que ela pudesse depois recontar a Otto, capítulo a capítulo. Na vizinhança, Ada era a personagem central. Ela era quem organizava as quermesses, era ela quem resolvia os problemas e arrumava emprego para os que precisavam de um — e mesmo quem não queria acabava com um belo posto de empacotador na verduraria, de repente, como quem recebe uma visita no domingo de manhã.

Após a morte de Ada, a vizinhança respeitou um luto de três dias, período em que nem os cachorros da Teresa rosnaram. O carteiro parou de entregar a correspondência por puro senso de comedimento, já que costumava passar aos berros cantando a música "Bem Feioso Foi Aquele", rimada, e ninguém ligou o rádio bem alto, ninguém gritou ao celular, ninguém botou o liquidificador em funcionamento às duas da manhã para bater creme de abacate. Depois desse período, a cidade voltou à balbúrdia habitual. Sozinho naquela casa enorme, Otto ficou ainda mais triste: cada passagem do amolador de tesourinhas era uma lembrança de que Ada não estava mais lá; não saltaria do sofá nem iria correndo se pendurar à janela, acenando espalhafatosamente e rindo pelo nariz. Agora, cada vez que os cachorros da Teresa escapavam, ele fechava os olhos e tentava imaginar Ada disparando aos tropeços pela rua, gritando para que todos se salvassem, realmente assustada com o canino desgovernado que se arremessava contra os portões e deixava na rua um rastro de pulgas, até que Teresa o alcançasse com uma garrafada de plástico e restabelecesse a ordem.

Otto havia convivido com os vizinhos só por intermédio de Ada e agora estava ilhado. Decidiu continuar sentado na sala, com a manta nos joelhos, assistindo calado à passagem dos dias. Sem Ada para explicar as histórias, as coisas se sucediam de forma desconexa, mas aos poucos Otto ia escutando uma conversa ali, um liquidificador aqui, e começava a entender os vizinhos. (Nos morros, o som vai longe. As paredes eram realmente finas, e Otto, muito imaginativo.)

Por exemplo: teve a noite em que os recém-casados da casa na rua de cima assistiram a um filme dublado. Era um documentário sobre a mãe-camelo Ingen Temee que dá à luz um camelo albino. Mas ela não gosta dele e o rejeita, de modo que o rebento albino passa o filme todo chorando. Numa reviravolta de cunho dramático, o pequeno Ugna decide ir à aldeia procurar um violinista que toque uma música bem bonita para a mãe-camelo gostar do rebento. Dá certo. O pequeno Ugna é muito esperto. Então o pai do pequeno Ugna revela ao público que os camelos originalmente tinham chifres, mas um dia os emprestaram para os cervos usarem numa festa. Por isso até hoje ficam olhando impassíveis para o horizonte (enquanto mastigam, inclusive), esperando o dia em que terão de volta seus ornamentos ósseos.

 O rapaz recém-casado dormiu durante o documentário, dava pra ouvir pelos roncos, e a moça ficou um pouco zangada, mas assistiu até o fim. Quando terminou, foi dormir e passou o dia seguinte sem falar com o marido. Otto ouvia o homem tentando convencê-la a dizer alguma coisa, "o camelo albino ficou triste o tempo todo?", mas ela lavava a louça sem responder, "o pequeno Ugna conseguiu um violinista?", e nada de ela revelar coisa alguma. A zanga passou, como sempre, e tudo terminou com uma briga de mentira em que ela dizia, aos berros: "Larga a faca!", enquanto ele espirrava lavanda em sua direção. Um casal de loucos, concluiu Otto, lembrando-se das tardes de pingue-pongue com Ada — as bolinhas rachadas, as manobras radicais com a raquete, Otto gritando que não valeu porque bateu no dedo. Quando bate no dedo não pode. Era uma das poucas regras que eles seguiam no pingue-pongue.

 Outra coisa que Otto percebeu, logo nas primeiras semanas sem Ada, foi que a casa de Teresa estava sendo ameaçada por um exército noturno de baratas. De madrugada, deitado na cama, ouvia a vizinha da direita matando insetos com o chinelo. Ela bem que tentara dedetizar a sala, a julgar pelo cheiro, mas não deu muito certo porque as pragas adoravam Baratil — ele quase podia ouvi-las lambendo os beiços e acorrendo aos montes à residência ao lado. Melhor pra ele, que já não tinha o mesmo viço nem ânimo para esmagá-las com um pedaço de papel-toalha, enquanto pedia "chinelo" para Ada e ela se escondia atrás das cortinas.

Àquela altura, Otto já não frequentava mais o quintal da frente senão para estender as roupas molhadas. Era lá que, antes, Otto e Ada tomavam sol todas as tardes, lendo livros de receitas e fazendo palavras cruzadas. Ada vivia procurando a receita definitiva da couve-flor à milanesa, uma que não soltasse a casca ao fritar e que permanecesse crocante e lustrosa. Nunca encontrou. Ela esticava as pernas "para esquentar as dobrinhas" e ficava falando do gramado, das plantas, dos bulbos de tulipa que ganhara de presente da Teresa na última primavera. O quintal de Otto e Ada era o maior da cidade, um campo gramado cheio de ferramentas largadas, baldes coloridos e tulipas por nascer. Ada amava o quintal. Quando Otto estava com ela, amava também; sozinho, detestava igualmente as tulipas e os vizinhos.

Manta nos joelhos, Otto sentiu o ímpeto de ir à cozinha preparar uma boa couve-flor, mas achou que era cedo demais. Continuou na mesma posição, piscando vagarosamente os olhos. Por meio de pistas sonoras, aromáticas e visuais (liquidificador, Baratil, cão bravo), brincava de adivinhar as histórias dos vizinhos.

1. Nico

"Duzentos e vinte e sete casos domésticos de atos suicidas ou comportamento anormal, 297 casos de psicose, 525 casos de agressão ou hostilidade, 41 casos de pensamentos homicidas, 55 casos de alucinação e 60 casos de paranoia. Nossa, esse é dos bons. A bula é do tamanho da minha prima."

Os remédios preferidos de Nico eram o tartarato de vareniclina e um antitussígeno sabor cereja, que recomendava a todos os clientes da farmácia. Nico era fã de bulas. Teoricamente, todas as doenças do mundo podiam acometer quem tomava um simples comprimido para deter a coriza, e as possibilidades de combinação eram infinitas. "Os melhores são os que podem causar estados paradoxais, como sonolência e insônia, aumento e diminuição da libido, e, claro, os antidepressivos que causam depressão. Antigripal que dá soluço", dizia, debruçado no balcão da drogaria. Ainda eram onze da manhã e a loja estava vazia.

"Mas a vareniclina é imbatível: pode dar infecção por fungos, infecção por vírus, frustração, zumbido, miopia, gotejamento pós-nasal, eructação (arroto), flatulência (pum), prurido e mal-estar."

"Mal-estar..."

"Outras reações: constipação, convulsões, ansiedade, instabilidade emocional, síncope e colapsos."

"Eu gosto quando ele menciona o 'mal-estar'", observou o dono da farmácia, um tanto atrasado. "É como se ele dissesse: 'O que quer que você sinta, pode ser culpa nossa. Mas não é culpa nossa'", completou, enquanto arrumava a estante de suplementos vitamínicos. "Frustração também é legal."

"Rapaz, essas bulas são incríveis", comentou Nico. "Tem um remédio que causa mudança da cor na visão: o cara vê tudo azul. Parece que bloqueia uma enzima que dá problema no olho. Sério. E tem um antipsicótico que, segundo a bula, faz o paciente estalar a língua de forma compulsiva."

"Você não conta isso pros clientes, certo?"

"E tem os remédios pra dormir, que podem provocar toda sorte de comportamento bizarro. Tipo dormir enquanto se está dirigindo ou fazendo aeróbica. Ou mesmo o contrário: levantar, pegar as chaves e sair pra dar uma volta enquanto se está dormindo. Li numa revista que um sujeito acordou com uma dúzia de embalagens de picolé no peito — primeiro ele botou a culpa nas filhas, depois descobriu que tinha ele mesmo devorado uma caixa de Chicabon no meio da madrugada."

"Caramba."

"É sério. Remédio pra dormir é o que há. Você não lembra nada que houve no dia anterior, pode sair sonâmbulo por aí e tudo", disse, trocando o peso dos pés. "A minha prima foi uma vez até a cozinha, pegou uma colher e entregou pra minha tia, que estava na sala. Ela já tentou fazer xixi na mesinha de centro, tudo isso dormindo. São uns remédios bem divertidos", teorizou, apoiando o rosto à mão enquanto o chefe arrumava as prateleiras distraidamente. Sem fazer caso, Nico prosseguiu:

"Olha este: 'Reações adversas: Ficar surdo sem motivo'. Que graça."

"Ei, você vendeu todos os tampões de ouvido?", interrompeu o dono da farmácia, erguendo o rosto.

"Vendi, sim", respondeu o funcionário. "Praquela mocinha que acabou de se mudar. Sabe? Marina. Maria. Mariana. Ela me disse que o novo marido ronca, e comprou vinte tampões de uma vez."

"Liga para a distribuidora e encomenda mais. Por favor."

"Tá."

"E pede mais ataduras."

Nico fez uns rabiscos no caderno de estoque, soltou um suspiro e checou o relógio. Faltava pouco para a pausa do almoço, quando corria até a escola de natação para treinar. Fazia poucos meses que Nico aprendera a nadar, mas o fato de ele não conseguir atravessar uma piscina de 12,5 metros sem morrer de tanto ofegar não era obstáculo para seus delírios de grandeza. Nico queria vencer o estreito de Dover. "O que eu posso fazer se a minha aula é logo depois do horário infantil, se a água fica toda turva com o xixi das crianças?", costumava perguntar a Ada. "Ontem aprendi a virar a cabeça de lado para respirar", dizia. "Antes eu levantava a cabeça, assim: é totalmente errado."

Nico não passava dos vinte anos, era alto, magro e usava aparelho nos dentes. Trabalhava das 8h às 18h na farmácia e sabia tudo sobre medicamentos genéricos. Estava sempre animado e falante. Era amigo do chefe, mas isso não tinha a menor influência em seu salário, que mal dava para comprar os materiais de natação e ajudar a mãe a pagar as contas. "Tive que quitar a minha touca a prestações", afirmou, provavelmente brincando, mas quem poderia saber.

 Isso tudo Ada descobria quando ele ia entregar os remédios em casa. Ela adorava a visita de Nico e o recebia com bolo de cenoura. "Me conta como foi o treino ontem", pedia, ajeitando-se na poltrona. "Pfff. Mais bolhinhas...", ele respondia, revirando os olhos. "Não aguento mais essas bolhinhas. O professor falou que eu bato mal os pés, preciso sincronizar melhor com as braçadas", completava, como se estivesse falando de recordes mundiais e a polêmica dos supermaiôs. Otto ouvia da cozinha com uma expressão divertida. Achava graça: Nico mal conseguia boiar, e mesmo assim falava de natação com toda a propriedade do mundo. Competia três vezes por semana na companhia de um gordo que, quando nadava, parecia estar se afogando. "Às vezes ele desiste no meio da piscina, veja bem, aos 6,25 metros ele afunda e a gente acha que morreu. Mas é só o estilo de natação dele, um troço arrojado; nem bem eu olho pra trás e aceno para o salva-vidas, o gordo dispara e me ultrapassa de novo, batendo os braços e as pernas como se estivesse tendo uma síncope", Nico contava. A velhinha tentava consolar o jovem funcionário da farmácia e dizia que, em breve, ele conseguiria vencer o rival. "Não é pra desistir, viu?", Ada repetia, sugerindo que enchesse bexigas para melhorar o fôlego. Em toda a sua vida, Nico nunca tinha conseguido encher uma bexiga.

Otto estava sentado com a manta xadrez no joelho, embora fizesse muito calor, e esperava a visita do assistente de farmacêutico com os remédios que encomendara. Já eram duas da tarde e Nico estava atrasado — provavelmente ainda não voltara da natação e surgiria enrugado, o pacote de remédios numa mão e a sacola com a sunga molhada na outra, deixando um rastro de água pra trás. Era um idiota, pensava Otto. Se não chegaria a lugar algum nadando feito uma enguia, por que insistir? Por que não se concentrava em seguir a carreira de farmacêutico, por que não se matriculava numa faculdade na capital e se aplicava de verdade para, um dia, assumir a farmácia e ganhar dinheiro? E virar alguém de respeito? Se o objetivo dele era impressionar Teresa, como ele e Ada desconfiavam, então o certo seria crescer na vida, ganhar um salário maior, demonstrar maturidade e profissionalismo. Ainda mais porque Teresa era vinte anos mais velha e não se iludiria com essas bravatas de moleque — toda semana o prático de farmácia media os ombros pra ver se estavam mais largos, com porte de nadador. Sua paixão secreta por Teresa era bem engraçada, pensava Otto, e totalmente fora de propósito.

Quando a campainha tocou, o velho abriu uma fresta da porta e ajeitou os óculos. Pela fresta, estendeu a mão. A intenção era apanhar ali mesmo a encomenda, deixar o dinheiro e bater a porta, mas Nico não se fez de rogado e foi entrando, distraído e fedendo a cloro. "Boa tarde", cumprimentou. "Trouxe os seus remédios."

Otto recebeu o pacote silenciosamente e estendeu-lhe uma nota de cem. Nervoso, Nico remexeu nos bolsos. Havia esquecido o troco na farmácia: "Droga. Foi quando vieram as caixas de manhã", explicou. "Eu fiquei todo animado porque chegou o nosso carregamento de pramipexol... e acabei esquecendo."

Como Otto continuou calado, Nico prosseguiu: "É um remédio com uma bula incrível. Tipo, ele serve para quem tem mal de Parkinson. Mas às vezes quem toma vê pessoas escondidas no armário." Ele fez uma pausa dramática, porém Otto continuava olhando para o chão. O velho sentou-se na poltrona. "Quer dizer, pode dar alucinações. E também pode provocar algum vício, tipo transformar um cara que não bebe em alcoólatra, um sujeito equilibrado em jogador patológico... essas coisas. É tipo aquele remédio contra a malária que dá mania de perseguição."

"Ah", balbuciou Otto.

"Eu vou pegar o seu troco... então", disse Nico, envergonhado. "Já volto." O velhinho nem sequer saiu da poltrona. Limitou-se a chacoalhar a cabeça e grunhir.

Naquele dia, Otto estava particularmente irritado porque não conseguira trocar a lâmpada do quarto. A dor na ciática o impedira de chegar ao último degrau da escada e ele imaginava como é que Ada conseguia fazer essas coisas. O quarto ficaria às escuras, decidiu, e a casa inteira se encaminharia para o breu total com a passagem dos meses. Não fazia diferença para quem passava os dias com uma manta no joelho.

Enquanto Nico dava as costas, Otto se lembrou de uma história que vira na tevê sobre um homem que tomava comprimidos para pegar no sono. No meio da madrugada, ainda dormindo, o homem saiu da cama e tirou o carro da garagem. A esposa não percebeu. Pois ele dirigiu dormindo até a delegacia, onde tentou bater o cartão de ponto e foi preso, ainda de pijama. Segundo os policiais de plantão, a intenção do meliante era dirigir até o escritório, a dez quilômetros dali. "Mas é difícil saber o caminho quando seus olhos estão fechados", alegou o sujeito, que tomava vinte miligramas de hemitartarato de zolpidem todas as noites.

Otto pensava nisso à medida que Nico ia embora, e até quis contar a história ao assistente de farmacêutico. Porém, estava irritado demais com a lâmpada queimada e, além disso, Nico não acharia graça. Se Ada estivesse ali, ele prontamente lhe cochicharia a anedota e ela se encarregaria de repassá-la, preservando as fontes. Mas Ada não estava lá e o rapaz já tinha saído para buscar o troco.

Nico caminhou até a drogaria com os passos incertos de quem havia acabado de fazer muito esforço físico. Achava Otto um velho turrão e costumava ficar nervoso em sua presença. Era incrível que tivesse sido marido de Ada, ainda mais por cinquenta anos. Na vizinhança, ninguém entendia muito bem. Mas ela não permitia que falassem mal do marido, então todos se calavam quando ela aparecia, animada, com uma tigela de bolo de cenoura ou couve-flor gratinada.

Chegando à farmácia, Nico parou à porta para tirar a água acumulada no ouvido e cumprimentou o chefe, a quem informou o esquecimento do troco.

"O velho estava de bom humor?", perguntou o dono, deixando um xarope de lado e indo buscar o dinheiro no caixa.

"Não largou a manta nem um segundo", contou Nico, suspirando. Não quis dizer mais nada. É verdade que não gostava de Otto, mas também não queria ficar falando mal de ninguém.

Apoiando-se no balcão, Nico pulou com um pé só e bateu com a mão aberta no ouvido direito, a fim de expulsar a água que se acumulara no esquerdo. Na rua, ninguém achava isso esquisito. Devido a uma má-formação no osso do ouvido, ele vivia com esse problema — às vezes tentava passar um tempo com a cabeça deitada no balcão, ou então bocejava sem parar, pingava álcool, mas o melhor método para desentupir era o do pulo, muitas vezes executado horas depois da atividade. Um filete de água quente escorreu pelo pavilhão auricular do rapaz. "Chegou o carregamento importado? Do remédio para o colesterol?", indagou.

O chefe fez que não com a cabeça e bufou. "Outro dia, passei na frente da casa amarela e acenei, mas ele fez que não viu e entrou correndo", disse. Nico não respondeu e limitou-se a pegar o troco. Estava desapontado com a demora das encomendas que vinham da capital.

"Não vejo a hora de ler a bula", confessou. "Dizem que não se pode comer toranja porque aumenta a concentração do remédio no sangue. Toranja! Dizendo assim, dá até vontade." Com um início de risada que não chegava a se completar, Nico enfiou o dinheiro no bolso traseiro e foi saindo. Lá dentro, o dono continuava reclamando de Otto, um velho tão ranzinza que fazia os cachorros latirem quando passava.

Uma vez, anos atrás, Nico chegara a tomar um remédio de promissoras reações colaterais só pra ver o que acontecia. Por azar, teve só um resfriado leve e dor de cabeça, sintomas que não podiam ser diretamente atribuídos ao medicamento. Em sua fracassada experiência, Nico também não soube ao certo se o efeito esperado foi atingido, pois era um remédio para flebite e, francamente, não sabia bem o que era aquilo. Nunca vira ninguém com flebite.

No vasto universo das substâncias medicamentosas, ele não se dedicava apenas a efeitos colaterais bizarros, mas dominava a sério muitas bulas e conhecia profundamente as indicações mais complicadas. Sabia, por exemplo, quais as interações permitidas aos antidepressivos inibidores da monoamina oxidase (IMAO), que não toleram quase nenhum outro remédio em associação. Sabia quando era seguro ingerir álcool e ficava fascinado com a rubrica "Gravidez e lactação", principalmente quando a bula admitia que os estudos eram insuficientes ou inconclusivos e que, por via das dúvidas, era melhor que as grávidas guardassem distância da droga. Aos interessados, Nico dava longas preleções sobre medicamentos genéricos. Só lamentava ter que trabalhar na farmácia de uma localidade tão pequena e limitada em afecções; não custava ter uma dúzia de pacientes com moléstias raras, um número significativo de hipocondríacos ou gente com tifo e gota. Um surto de malária não seria mal.

Na casa amarela, Nico tinha dois de seus melhores clientes. Otto tomava hormônios para compensar o hipotireoidismo, remédio para pressão alta, remédio para o coração, estatinas para o colesterol, polivitamínicos, diuréticos, pílulas para desordens intestinais, comprimidos para dormir e remédio para a artrite, totalizando uma dezena de pílulas de todas as colorações do espectro. Todos os dias, tomava uma aspirina para afinar o sangue. Ada gostava de pesquisar as novidades em resfriados e, embora fizesse uso regular de poucos medicamentos, vivia comprando antigripais. Um dos pontos altos da carreira de Nico foi quando apresentou a Ada um novo produto que prometia combater a gripe mediante os primeiros sinais da doença — foi só nisso que ela falou durante a festa junina, e logo a vizinhança inteira aderiu aos frascos de Proteção Antecipada. Com a morte de Ada, o cenário farmacológico perdia um de seus grandes entusiastas.

Mas Otto ainda estava vivo para ingerir de nove a treze comprimidos diários, então a Drogaria Nebraska poderia suspirar aliviada. Só naquele dia, Nico levava no saco de papel uma caixa de levotiroxina sódica, duas cartelas de aspirina, remédio para rinite e captoprina. Otto se recusava a comprar Capotei, versão comercial da captoprina, só por causa do nome. "Remédio para o coração que chama Capotei não dá", ele dizia, e quem era Ada para contestar.

O rapaz bateu de leve na porta amarela e ficou esperando a resposta. Seu cabelo ainda estava molhado e ele começava a se resfriar, o que era justamente a ocasião perfeita para recorrer a uma boa dose de Proteção Antecipada. Se ao menos levasse um frasco no bolso para emergências.

Da sala, a partir de sua posição avançada na poltrona, Otto gritou para que Nico entrasse, desta vez de forma um pouco menos ríspida. O rapaz se aproximou do velho já com o dinheiro na mão, planejando dar as costas e sair dali o quanto antes. O interior da casa amarela estava mais escuro do que nunca, as janelas fechadas, um ar de quem não viu o verão passado. Parecia a residência de um parente empalhado — faltavam só um quadro de palhaço chorando, um busto de bronze, um cinzeiro em formato de folha. O carpete era marrom, as cortinas escuras, o ar tinha cheiro de mofo. Em cima de uma mesa de canto, havia um porta-retratos com uma foto do velho tentando sorrir. Otto deixou a manta de lado e apanhou o dinheiro, dizendo um "Obrigado" quase inaudível.

"De nada. Precisando, é só ligar", e Nico girou sobre os calcanhares, louco para ir embora. Otto tomou coragem e disparou: "Eu tenho uma tia que já pegou malária."

Quase que imediatamente, torceu para não ter dito isso em voz alta, para só ter pensado na frase, porém, a julgar pela reação de Nico, tinha realmente proferido aquela funesta combinação de palavras. Assim, sem perceber, deixara escapar mais uma bobagem perante um desconhecido. Sua tia nunca teve malária, aliás, ele nem se lembrava de possuir uma. Agora não sabia mais o que dizer. Não tinha desenvoltura suficiente para aperfeiçoar a mentira, não citaria mais nenhum outro parente, portanto o melhor a fazer era ficar calado e esperar que Nico fosse embora, com a desculpa de estar atrasado. Na saída, o rapaz espalharia aos vizinhos que o velho ficou gagá. Mas não foi o que aconteceu.

"É mesmo?", retrucou o farmacêutico, animando-se bruscamente. "Se ao menos ela tivesse tomado mefloquina, quer dizer, não sei se teria sido uma vantagem. Ela podia ficar paranoica; me diz, sua tia tem propensão a problemas nervosos?"

Morrendo de vergonha, Otto balançou a cabeça, não se sabe se positiva ou negativamente. Apenas a chacoalhou, como se o gesto pudesse expulsar o interlocutor para qualquer outro lugar que não fosse a sua sala.

"Bom, de qualquer forma, esse remédio dá uma coceira dos diabos. Com ou sem erupção cutânea. E aí você resolve tomar um troço pra aliviar a coceira e fica com glaucoma. Então você usa um colírio para tratar o glaucoma e, pronto, ele transforma os seus olhos azuis em castanhos. Juro! Tem um remédio em gotas que aumenta a pigmentação da íris. Imagina que bizarro. Ah, e a sua pele pode ficar um tanto azulada, sobretudo se você tomar muito sol."

Otto continuou em silêncio.

"Tudo isso porque você quis se prevenir contra a malária", observou Nico, abrindo os braços com indignação. "Esse mundo é um hospício. Você acreditaria se eu te dissesse que tem um remédio que apaga a impressão digital das pessoas?"

Por um instante, por um brevíssimo instante, Otto esqueceu que estava diante de alguém com quem deveria sustentar uma polida conversação, para o bem da comunidade e em nome de um saudável trato interpessoal, e realmente se interessou pelo que Nico dizia. Arregalou os olhos, soltou um grunhido.

"Sério. É um remédio pra tratar certos tipos de câncer, e que provoca a descamação das palmas das mãos e das pontas dos dedos. Aí teve um sujeito que estava tentando entrar nos Estados Unidos e não tinha impressão digital."

"Mentira", disse Otto.

"Se você quiser eu até te mostro a reportagem. Juro pelo meu balcão de xaropes", retrucou o rapaz.

"Tá", resmungou o velho, voltando à tensão habitual e apanhando a manta de volta para cobrir os joelhos. Por pouco não fingiu cair num súbito cochilo, só para apressar a saída do funcionário.

"Deixa eu te mostrar uma coisa", ele emendou, sem ligar para o mau humor repentino do interlocutor. Pegou de volta o pacote de remédios e remexeu as cartelas. Com rapidez, sacou uma das caixas e mostrou a inscrição na parte de trás.

> *Contém: 50 comprimidos.*
> *Todo medicamento deve ser mantido fora do alcance de crianças.*
> *Cada comprimido contém: levotiroxina sódica 75mcg.*
> *Informações ao paciente, indicações, contraindicações e precauções: vide bula.*

> *Conservar em temperatura ambiente (entre 15ºC e 30ºC).*
> *Proteger da luz e umidade.*
> *Farmacêutico responsável: Andrew Boring.*

"Viu só? O farmacêutico responsável é um camarada chamado Andrew Boring", explicou Nico, diante do olhar interrogativo do velho. "É o remédio mais confiável que eu já encontrei. Tipo, não acredito muito nos testes com cobaias, nos resultados pós-comercialização, no que diz a Food and Drug Administration. Eu confio mesmo é num farmacêutico responsável que se chama Andrew Boring: o cara é entediante o suficiente para zelar pelos componentes do meu remédio. Nesse a gente pode confiar."

Otto pensou em dar risada por educação, mas limitou-se a encarar o assistente de farmácia, ponderando que suas palavras até que eram sensatas. Em Andrew Boring a gente podia confiar.

Otto conheceu Ada em 1955 num baile do internato feminino da cidade, no qual entrara escondido. Estava na companhia de dois amigos, o Nuno e o Foice, que conseguiram arrombar a janela dos fundos e, uma vez lá dentro, foram direto para a tigela de ponche. Enquanto enchia seu copo, Otto reparou numa menina baixinha sentada no canto da pista. Ela tinha os cabelos presos, um par impressionante de olhos castanhos e estava metida num vestido rodado branco com flores vermelhas, recheado por quatro ou cinco saiotes. Parecia estar pensando em alguma coisa engraçada, embora sua atitude fosse um tanto fria, e, quando olhou em direção a Otto, ele julgou que o fim estava próximo. Não só porque ela era tão bonita como, digamos, o prenúncio do Apocalipse (o Sol explodindo, o céu roxo e as labaredas do inferno), mas porque certamente iria dedurá-lo aos seguranças da festa. Aquela menina tinha um olhar meio malvado, totalmente oposto das outras, que se reuniam em grupinhos para fofocar. Ela encarava o pobre Otto e, de súbito, pôs-se de pé.

O Nuno e o Foice enchiam os bolsos de lanchinhos e coordenavam uma investida ao grupo de meninas loiras no centro do salão quando Otto se lançou rumo à moça de saia rodada, impedindo-a de avançar até a porta onde havia um bedel cochilando.

Com seu cabelo emplastado de brilhantina e um andar vagamente parecido com o de James Dean, Otto aproximou-se de Ada e a tirou para dançar. Ela olhou para os lados, tornou a encarar o rapaz e aceitou, pois era isso o que faziam as mocinhas de família. Pra lá e pra cá, passaram a dançar uma valsa lenta em silêncio, pisando ocasionalmente nos próprios pés. Possuíam uma estranha sincronia mesmo na falta de jeito para dançar; quando Otto a conduzia pra lá, ela dava um passo preciso, nem maior ou menor do que o necessário, então ele a rodopiava para o lado errado e ela o seguia. Quando ele hesitava, Ada parava também, adivinhando as intenções do parceiro. Dançaram só aquela música, mas foi o suficiente. Otto decidiu entrar em ação.

"Posso fazer uma pergunta pessoal?", arriscou.
"Mas é claro", ela disse.
"Sabe o que a senhorita me lembra?"
"Não."
"Não tenho coragem de dizer."
"Pois diga!"
"Um magnífico suflê."
"Um suflê?"

Foi esse o primeiro diálogo entre Ada e Otto, sobre o qual ele se recusou a fornecer explicações. A pequena Ada ficou curiosa e assim começaram, os dois, a se encontrar. Dali em diante, as conversas ficaram cada vez mais estranhas e o olhar de Ada brilhou mais e mais, principalmente quando, naquele primeiro baile, ela enfim conseguiu fazer com que Otto fosse expulso do salão.

"Olha só: em pacientes acima dos sessenta anos, os agentes simpatomiméticos podem causar reações adversas como confusão, alucinações, depressão do SNC e morte", leu Nico, soltando um grunhido. "Que graça. Você toma um remédio e fica curado da rinite, mas tem um problema: morre."

"E o que mais?", perguntou Otto, debruçando-se sobre o rapaz na tentativa de enxergar melhor a bula.

"Úlceras pépticas. Toda bula tem úlcera péptica, vai por mim", ele respondeu, devolvendo o papel sem olhar.

Nico quase se esquecera de que precisava voltar ao trabalho e, muito à vontade, seguiu adiante com as reações adversas mais interessantes de seu catálogo. Conhecia um remédio que podia causar aumento do tônus muscular, mesmo em idosos. Fez uma pausa, engoliu em seco. Otto pensou um pouco e arriscou: "Eu sei, aqueles suplementos vitamínicos que vêm em baldes para quem faz musculação. Tipo uns carboidratos, né? Eu e a Ada já falamos sobre isso, um dia ela trouxe do sobrinho da Iolanda um daqueles baldes pretos com proteína do soro do leite e queria...".

"Não, não, é outra coisa", Nico interrompeu, tossindo de leve. Otto notou uma ansiedade esquisita na voz do garoto. "Um remédio pra Alzheimer: às vezes faz as pessoas ficarem mais fortes, o que nesse caso não é bom. O sr. Taniguchi, por exemplo..." O garoto estancou bruscamente e disse que precisava ir. "Nossa, já está tarde. Nem avisei lá na farmácia que vinha fazer essa entrega. O chefe deve estar preocupado", afirmou, e seguiu porta afora. "Tenha uma boa tarde", gritou, já do outro lado da rua. Otto não fez caso e tornou a se cobrir com a manta.

Nico deixara a porta aberta ao sair, e Otto sentia o vento da rua entrando em cheio. Nada no ar parado o fazia lembrar-se de Ada; era o vento que a trazia de volta, agitada, puxando-o pela mão nos dias de chuva. Otto levantou-se e abriu a janela da sala. A corrente de ar ficou mais forte. Achava desconcertante a esposa ter desaparecido assim, de uma hora pra outra, pois ela vivia na segunda-feira e, na terça, já não existia mais. Assim, de repente. Quando ventava, ele quase podia vê-la abrindo as portas de casa para sentir o cheiro das plantas, tentando adivinhar se as tulipas já haviam crescido. Ainda ouvia a voz da mulher quando algum vizinho dava risada; às vezes acordava de súbito com um fantasma se mexendo ao seu lado na cama ou o cheiro do Proteção Antecipada no ar. O sofá estava espaçoso demais, não havia mais vestidos ou pentes nem creme hidratante com aroma de pepino. Otto não tinha mais ninguém para derrubar as panelas na cozinha e fazer um barulho desnecessariamente espalhafatoso enquanto ele lia o jornal de manhã. "Tudo sob controle!", ela gritava, derrubando uma pilha de tampas.

Feito uma ratinha, Ada andava de um lado para outro, levando de lá pra cá potes de plástico e martelando pregos sem motivo aparente. Se encontrava restos de sacolas no quarto, juntava num montinho para levar até a lavanderia, onde ficavam os tambores de lixo reciclável; no caminho, apanhava um chinelo do meio da sala, uma garrafa de água vazia, um prato fundo com restos de cereal. Otto às vezes ficava assistindo ao espetáculo de sua poltrona, na sala, e pedia que Ada lhe avisasse quando acabaria aquela romaria doméstica em busca de sujeiras no chão e meias por lavar. "Isso tem algum sentido racional ou você só pega as coisas do quarto e as transfere para a cozinha aleatoriamente?", ele perguntava, e Ada, zangada, respondia com um pano de prato voador, cheio de manchas de tomate. "Olha só o estado desse infeliz", reclamava, levando o pano imediatamente ao balde para ficar de molho no sabão em pó. "E você não lavou a louça ontem à noite. Tem quatro, cinco, seis moscas em cima da pia. Sabia que mosca tem dentes? Dentes!"

Outras vezes, Otto a seguia sem prestar atenção em suas tarefas, contando coisas que aconteceram no dia anterior ou as sinopses dos programas a que assistira no Canal Animal. Por exemplo: *Os animais mais fedorentos*, documentário em cinco capítulos. *Hospital de coalas — Parte 2*, que fazia Ada vibrar. A atração dramática *Da pequena toupeira que queria saber quem tinha feito cocô na cabeça dela*, minissérie especial com a participação de atores da Royal Shakespeare Company. De fato, o Canal Animal era o preferido de Ada. Embora pairasse um mistério quanto à fonte de receitas publicitárias da emissora — quem é que iria anunciar nos intervalos de *Os animais mais fedorentos?* —, a programação seguia firme pelas tardes afora, e muitas vezes Otto e Ada paravam tudo só para acompanhar a migração das baleias.

A bem da verdade, se não fosse pela esposa, ele não se interessaria tanto assim pelo assunto, mas a empolgação de Ada era contagiante. Mesmo quando ela não estava por perto, Otto sintonizava no canal. "Ontem estava passando um negócio sobre aves plumadas. Tinha uma sueca idosa que, sozinha, criava onze cisnes num apartamento de 25 metros quadrados", informou, acrescentando que os cisnes são da família dos patos e marrecos, monogâmicos e sedentários. "Já terminou o Especial Semana das Cobras?", perguntava Ada, referindo-se ao incrível passeio pelo mundo dos ofídios que a afastara da televisão por vários dias. Ada odiava cobras. "Acho que não", respondia o marido, comprometendo-se a checar na próxima oportunidade.

Nesses anos todos, Otto cultivou uma obsessão particular, que Ada não compartilhava: adorava histórias de crimes intrincados, filmes *noir* e sangrentas tramas policiais. Um atrás do outro, lia romances de assassinato e acompanhava seriados de mistério com detetives sagazes que iam juntando pequenas pistas e terminavam por emboscar o criminoso. Ada não gostava desse tipo de coisa. Anos atrás, a operadora de tevê a cabo incluiu na grade um canal chamado Investigação Eletrizante, só de tramas policiais. Foi um dos raros meses em que ambos se afastaram — Otto passava o dia assistindo às atrações sem mover um músculo e aprendeu todos os chavões do gênero: não há crime perfeito, as menores pistas encerram as maiores descobertas, é preciso fazer o assassino se enredar em suas próprias desculpas. Quando a mórbida emissora desapareceu da grade, provavelmente por falta de espectadores, tudo voltou ao normal — Otto limitou-se a seus esporádicos seriados e aos livros de mistério, e o canal mais assistido na casa amarela voltou a ser o da vida selvagem.

Em quase cinquenta anos de casamento, Otto e Ada se interessaram por diversos assuntos para além das partidas de pingue-pongue e do Canal Animal. Houve uma época em que só falavam de culinária e jardinagem. Os suplementos para musculação foram fonte infinita de curiosidade, mas só até o sobrinho de Iolanda desistir do fisiculturismo e eles ficarem sem material de consulta. Em outra fase memorável, ficaram obcecados em aprender a dançar — passaram pelo sapateado (uma tragédia), o foxtrote (um pouco melhor), o jazz (resultados moderadamente animadores), o charleston (um sucesso) e, por fim, o lindy hop, divulgado em filmes dos anos 30. Todos os dias, de manhã, discutiam os progressos da noite anterior. Depois da janta, colocavam discos na vitrola e tentavam guiar-se por livros e vídeos, sem saber se o que estavam dançando era de fato o lindy hop ou um ritmo absolutamente original. Ainda que fosse uma dama e, portanto, tivesse de ser conduzida, Ada era mandona e vivia tentando corrigir os passos triplos desajeitados de Otto, às vezes quádruplos, quíntuplos, às vezes tropeços mal disfarçados. "Passo atrás, triplo passo, triplo passo. Ta-da, ta-da-da, ta-da-da. É esse o som. Você está fazendo um a mais", ela protestava, largando a mão do parceiro. "Você não sabe contar?"

Quanto ao jardim, chegaram a comprar livros por correspondência e importaram sementes especiais, porém, à parte tanta dedicação, só com os anos é que suas plantas vingaram. De início, o jardim parecia um canteiro de obras, com terra remexida e brotos secos por toda parte. Tudo o que Ada plantava morria de sede ou de sol em excesso, e o pessegueiro que transplantaram já crescido era atacado por predadores famintos e lesmas vorazes, de modo que não sobrava uma só fruta para contar história. Um dia, Ada pegou o jeito e as árvores começaram a crescer. Dali para a frente, com o sucesso da empreitada, eles perderam o interesse pelo tema. O jardim foi tomando vida própria, abandonado à própria sorte, e agora era um lugar confuso: havia árvores num canto, grama no outro, flores de diversas cores, frutas e capim. Como já foi dito, era o maior quintal da cidade, bem na frente da casa amarela. Havia um outro quintal nos fundos, muito menor, com um mirrado depósito de entulho e ferramentas, construído aparentemente para reverberar o som das casas vizinhas. Passada a fase da jardinagem, Ada de vez em quando cuidava das plantas, mas o interesse deixara de ser doentio.

Na volta à farmácia, por mais que tentasse se concentrar nas propriedades anticancerígenas de certos alimentos, Nico só conseguia pensar em duas coisas: um, que as vítimas de gota não podem comer tomate-cereja, pois o fruto contém ácido oxálico, e dois, que não devia se preocupar com a gafe que cometera diante do velho. Falar assim do sr. Taniguchi era muito arriscado. Pensou nisso, mas logo se distraiu; afinal de contas, o espinafre também possuía grandes quantidades de ácido oxálico e era só cozinhar bem as folhas. Não só ele, mas outras plantas hortícolas possuíam essa propriedade, como o inhame.

Mais uns passos e o rapaz chegou à Drogaria Nebraska, onde havia uma modesta aglomeração em torno do chefe, que tentava calcular um desconto para um cliente enquanto atendia outros três, em pânico. A chegada de Nico causou alívio e, sem demora, formou-se uma fila ordenada atrás do atendente. "Em que posso ajudá-lo, senhor? Estamos com uma promoção de xampus anticaspa", ele foi soltando. O primeiro da fila era Aníbal, o carteiro, que procurava um desodorante roll-on que não deixasse manchas brancas em suas camisas amarelas.

2. O carteiro

Na verdade, tudo começou com Aníbal, o carteiro, que passou desejando boa Páscoa (embora fosse Dia das Mães) e entregou uma carta errada a Otto. Era mês de maio — fazia dois meses que Ada tinha falecido, em março daquele ano, em pleno outono.

Aníbal não fez por mal. Primeiro, era o carteiro mais confuso da central havia pelo menos vinte anos: confundia-se em praticamente todas as casas, trocando Ada por Iolanda e Drogaria Nebraska por Mariana; enquanto aguardava os moradores assinarem os comprovantes de recebimento, deixava cair metade da correspondência no chão, alimentando as poças d'água com grossos envelopes; distribuía indiscriminadamente encomendas, contas e cartas de amor a quem se dispusesse a recebê-las. "Em geral eu acerto", justificava, sempre que alguém se queixava de não ser o destinatário do envelope; então Aníbal fazia uma verificação atabalhoada em cada um dos telegramas, promoções de fraldas e extratos bancários ou de tomate a 1,99 no Sonda's, sem chegar a nenhuma conclusão proveitosa. Havia cartas que passavam pelas mãos de toda a vizinhança, menos de quem devia recebê-las, e descreviam um curioso *looping* até serem abertas e descartadas por terem perdido a data de vencimento — "Vejam, uma conta de eletricidade de 1997!", exclamava Nico, à luz de um lampião. Mas não vamos exagerar. Havia moradores que, sem forças para se rebelar, passaram a se corresponder com os filhos e sobrinhos dos outros, criando laços sinceros e contando as novidades em lugar alheio.

É verdade que as coisas costumavam melhorar significativamente em setembro, com a chegada do carteiro substituto, que nunca deixava molhar o guia de programação da tevê. O carteiro substituto era calado, usava óculos, cumprimentava a todos com saudações socialmente aceitas e entregava a Iolanda o que era de Iolanda. O carteiro substituto quitava mensalmente as prestações do plano odontológico.

Em todo caso, nos demais meses do ano, entregar cartas às pessoas erradas incentivava a sociabilidade entre vizinhos — Teresa teria que sair de casa para reclamar, Nico iria até Mariana entregar uma conta de gás em mãos e assim por diante. Foi sem maldade, portanto, que o carteiro delegou a Otto uma carta de Iolanda, mesmo intuindo que aquela senhora não morava exatamente ali — e obrigando o viúvo a sair de casa com o objetivo de tocar a campainha do 37.

Quando isso ocorreu, Otto estava sentado na poltrona tentando ler a bula dos remédios recém-adquiridos. Segurava aquele minúsculo papel com as letras trêmulas à distância de uma unha, pois não enxergava de longe. Queria ver se havia mesmo úlcera péptica na lista de efeitos adversos, como garantira o Nico, e se "morte" era uma possibilidade concreta. Foi interrompido pelos versos do carteiro (naquela tarde, ele entoava "Fernando Sétimo" em duas vozes) e as palavras "Correio! Está no murinho", às quais o velho já estava acostumado.

"Deixei os dólares embaixo do vaso!", Aníbal gritou, sem se preocupar em fazer sentido.

Otto levantou-se bem devagar, arrastando as pantufas e praguejando. Abriu uma fresta da porta, certificou-se de que Aníbal já tinha trocado o lado da rua e pôs-se para fora, temeroso de encontrar Teresa ou qualquer outro de seus vizinhos.

Ao checar o murinho, viu uma carta que não era dele. Ficou imediatamente com raiva de Aníbal, pois já tinha explicado que ali não era a casa de Iolanda; contudo, não quis correr atrás do carteiro pois temia ter que engatar uma conversa de qualquer naipe. Talvez Aníbal o obrigasse a fazer a terceira voz do coral de "Fernando Sétimo", o que lhe soava cansativo e desnecessário.

O velho bufou e dirigiu-se à casa da esquerda, onde morava Iolanda. Ainda por cima, a vizinha se recusava a instalar uma boa caixa de pão-leite-e-cartas, forçando os entregadores a tocarem a campainha e passarem pelo desgosto advindo de quando Iolanda atendia e, empolgada, desandava a tagarelar sobre qualquer assunto que lhe desse na telha. Isso sem falar nas pessoas que gritavam, logo cedo: IO-LAN--DAAAA para convidá-la ao bingo ou ao baile de primavera.

Otto estava cansado e indisposto. Preocupava-se com a lâmpada queimada no quarto, a possibilidade de vir a apresentar úlcera péptica, o fato de Ada ter ido embora sem ensiná-lo a passar roupa. Afinal, devia começar as camisas pela manga ou pelo colarinho? Era preciso operar pelo lado avesso ou não fazia diferença? Como agir quando há vincos impossíveis de serem alisados — borrifar água ou álcool? Lavar de novo? E os botões, será que se corre o risco de derretê-los?

O velho já tinha aprendido a fazer muitas coisas, mas o desafio de passar roupa estava um passo além de suas investidas empíricas. Dobrá-las, então, ele nunca conseguiu e jamais o faria. Costumava recolher as mangas das camisas e ajeitar o tecido de uma forma meio quadrada, que acabava por amassar tudo de volta. Ada possuía um jeito delicado de virar as mangas pra dentro e girar a camisa sem provocar uma só prega, tornando tudo deliciosamente simétrico e liso.

Gostava de observá-la manejando o ferro de passar, em geral aos domingos à tarde. Ela tratava o tecido como as tulipas e a couve-flor: gentil e meticulosamente. Era como um balé, só que de golas, colarinhos e toalhas de mesa. Nessas horas, Ada aproveitava para pensar bastante, perdida num mundo que Otto conhecia bem — ou pelo menos era isso que ele achava àquela altura. "Não suporto coisas que amassam", ela dizia de repente, um pouco irritada.

"Tipo o quê? Bananas?", retrucava Otto, feliz com a oportunidade de contrariá-la.

"É. Tipo fruta, papel e gente. Sabe o que eu odeio?"

"O quê?"

"O fato de eu mesma ter amassado com os anos. Olha só este braço. Lembra como ele era?"

"Ah, mas tem nenê amassado também. Com umas dobrinhas que são quase rugas."

"Tá, eu sei. Mesmo assim, não gosto."

Fez-se um silêncio, os dois prestando atenção num pano de prato sendo diligentemente alisado pela patroa. Era a estampa preferida de Otto e Ada: trazia o desenho de uma rosa sobre um piano, com duas taças de champanhe ao fundo. E a inscrição: "A mulher sábia edifica o lar."

Otto não se conteve:

"Mas, sério, você pensa nisso? Quer dizer, já chegou a ficar um tempão refletindo sobre esse assunto específico?"

"Não. Queria ter mais tempo pra essas coisas."

"A gente podia falar disso no sábado. O que acha? Depois da reprise de *Predadores letais*."

Mas, naquele sábado, eles se esqueceram do combinado, e o resultado foi que Otto e Ada nunca tiveram a chance de falar sobre coisas que amassam. Assunto que lhes tomaria a noite inteira, quem sabe se estendesse madrugada adentro ou virasse uma polêmica recorrente entre os dois. Aquela era uma das maiores frustrações do velho: tanto assunto que eles não terminaram, tanta coisa interrompida, e ela nem concluíra um resumo do épico hindu que estava lendo desde o começo do ano. "Daí essa mulher nasceu do útero de um peixe, quer dizer, isso conforme o narrador e o deus com cabeça de elefante que está anotando a história. Ela exalava um cheiro terrível de peixe, o que não era legal para uma moça casadoira, nem naquela época nem hoje. De qualquer modo, eles são rigorosos pra burro, e tem uma passagem assim — o sujeito chega para a mãe e diz: 'Mãe, adivinha o que eu ganhei!' Distraída, a mãe responde: 'Seja o que for, divida com os seus irmãos.' E o filho: 'Mas é uma mulher! Ganhei-a num torneio.' A mãe, resignada: 'Não posso voltar atrás em minha palavra. Faça o que eu digo.' Aí a esposa do cara acaba virando mulher dos cinco irmãos. Eles são sérios pra burro. Não tem essa de 'brincadeirinha'."

Uma das expressões preferidas de Ada era "pra burro", que de um dia pro outro decidira utilizar em todo tipo de frase. Otto fazia questão de implicar com a nova moda, indagando o que significava a locução e quais seriam suas origens. Decidida, Ada foi se consultar com a vizinha Mariana, que afinal havia cursado a universidade, e levantaram juntas duas hipóteses etimológicas: a primeira tinha a ver com quilometragem. "Longe pra burro" denotaria uma distância tão excessiva que até o burro ficaria cansado. Já a frase "Tem comida pra burro" denotaria uma quantidade gastronômica que saciaria o próprio asinino. "Seja qual for a origem, quer dizer então que você distorceu o uso", insistiu Otto depois de ouvir a explicação. "Quando você fala 'sério pra burro', não faz o menor sentido. Eu nunca vi um burro sério. E o que dizer de 'inteligente pra burro'?", ele afirmou, mas Ada já não estava mais escutando. "Eu sou meio surda deste ouvido aqui", alegava.

Havia muita coisa que Otto queria ter dito e não pôde. Certas manhãs, quando combinavam de ficar lendo no jardim, Otto erguia os olhos de seu livro e ficava olhando a esposa. Nessas horas, queria ter dito alguma coisa notável — algo sobre as plantas, sobre o sol, sobre a quantidade de piadas internas que eles acumulavam desde o baile em 1955, mas acabava desistindo. Então Ada localizava algum trecho interessante e lia em voz alta, ou tinha uma dúvida e aproveitava para perguntar: "O que é sinápico? Tem a ver com planta?"

Otto queria poder ter dito que se irritava, sim, quando ela passava a tarde inteira na casa de um vizinho — porque queria tê-la só para si. Ou então, o que era ainda mais verdadeiro, porque tinha raiva de os vizinhos continuarem interessantes aos olhos dela, ao passo que ele mesmo precisava se esforçar para prender a atenção da esposa. "É de comer, será?", ela insistia, ao que Otto pedia o resto da frase para checar o contexto. Ada limpava a garganta e lia em voz alta: "Sílvia refletiu sobre o composto de teor sinápico que tinha diante de si, tossindo levemente enquanto se deixava levar pelos aromas ácidos que emanavam no ar."

Otto ajeitou os pés na cadeira. "Que raio de livro você está lendo?"

"Só me responde se você sabe o que é sinápico ou não. Pode ser?"

"É o adjetivo relativo a mostarda."

"Ah."

"Agora faz sentido?"

"Não."

Porém, se Otto tivesse a chance de dizer uma última coisa a Ada, não seria nada muito profundo nem importante. Provavelmente, ele diria "boa noite" e a deixaria descansar.

Aníbal tinha um plano. Em sua condição de carteiro, saía de casa todas as manhãs às sete para separar a correspondência que lhe cabia na central e, logo após o almoço, partia para o trabalho de campo. Se, ao distribuir as cartas, pudesse cantar o mais alto que lhe fosse permitido e passasse acenando a todos os que via, então sua missão estaria cumprida: nunca mais ficaria triste no trabalho, por mais que estivesse triste. E ajudaria a elevar o moral da vizinhança. "Se você canta 'Mary tinha um carneirinho' desafinando todas as notas, não há outro remédio senão ser feliz", proclamava ao pessoal da farmácia. Ao ser questionado sobre seus cumprimentos atípicos, ele respondia, recolocando os óculos escuros: "Quando é Páscoa, eu dou feliz Natal. E quando é Dia de Finados, eu canto 'Pinheirinhos, que alegria'. Entendeu?". Sua canção preferida, porém, não tinha data específica para ser entoada e consistia numa brincadeira de roda que aprendera na infância, quando fora escoteiro:

> *Bem feioso foi aquele*
> *Que o meu benzinho roubou*
> *Mas eu vou achar um outro*
> *Igualzinho ao meu avô*

Como tantas outras melodias de seu catálogo, a letra não fazia sentido — para a verve artística de Aníbal, quanto mais enigmática, melhor. Cantar ajudava a passar o tempo e a se distrair, e pouco importava se a música falava de passarinhos ou de higiene bucal. O legal mesmo era cantar muito alto e gritar "Correio!" no meio da versificação original.

Aníbal ficava incomodado quando a meteorologia previa um temporal para o dia seguinte. Então, e só então, ele se punha triste com a perspectiva de trabalhar com os pés molhados, as costas frias, o nariz escorrendo. Quando isso ocorria, ele cantava ainda mais alto até esquecer as condições meteorológicas e o fato de que seus tênis não eram tão impermeáveis quanto deveriam. Nessas horas, "Berceuse dos elefantes" era indispensável:

> *Gostas dos elefantes*
> *Muito mais do que de mim*
> *Eles são tão pacientes*
> *com seus dentes de marfim.*

Isso ele repetia várias vezes, ouvidos tapados, a voz grave de um sapo macabro. E não deixava de dar sua própria roupagem às canções, que às vezes viravam uma espécie de punk rock dissonante, principalmente quando chovia muito.

Todas as crises de tempo feio e cão bravo eram resolvidas com a ajuda de uma música, que ele entoava repetidamente até achar muita, mas muita graça. Quando a canção do elefante parou de fazer efeito, ele passou a entoar "A bela polenta" ou "Se Adelita se fuera con otro", às vezes acompanhada de tamboriladas na pilha de cartas.

Estava nesse ponto quando vislumbrou, feito um alvo móvel, o velhote do 41 arrastando as pantufas em direção à casa da vizinha, com vistas a desfazer o mal-entendido epistolar que ele criara. Ciente de que causaria profunda angústia, disparou rumo a Otto em flagrante rota de colisão. Estava disposto a socializar na calçada por quanto tempo fosse necessário, nem que isso lhe custasse o emprego. "Tudo certo, gigante?", ele veio gritando. "Feliz Páscoa!"

"Boa tarde", respondeu Otto.

"Tudo bem? Só alegria?", atacou o carteiro. Como Otto não respondesse, ele não desistiu.

Se Otto tivesse que reproduzir mais tarde a conversa que teve com o carteiro, diria apenas que foi estranhamente conduzida e versava sobre psiquiatras. Poucas foram as participações de Otto, que preferia se manter longe daquela personificação de transtorno em forma de profissional dos correios. Às vezes, ele tentava se esquivar alegando dor de cabeça súbita ou surdez temporária.

"Não, espera só. Eu passava cinquenta minutos entediado, a sessão inteira, e aí um dia comecei a exagerar. Só de sacanagem, pra ver se o cara estava prestando atenção. Inventei horrores. Falei que o meu pai não só era bravo, como às vezes me dava uns cascudos. E eu bem que merecia. Falei que tinha sido criado na miséria, que não comia direito e provavelmente sofria de desnutrição. Contei que comecei a trabalhar aos 9 anos — exagero, eu já tinha 12 — e que minha mãe pegava todo o dinheiro pra ela — exagero, ela só guardava pra mim, senão eu acabava gastando tudo em Dipilicos. Sabe, aquele troço de açúcar?"

"Sei. Faz mal pros dentes."

"Ele ia pra frente na cadeira, assim, cada vez mais interessado. E anotava sem parar. Tanto que quase não via a hora passar, eu é que tinha de dizer: 'Muito bem, nosso tempo acabou.' Na semana seguinte, falei que às vezes questionava a utilidade do meu ofício de entregar cartas. É que eu me sentia responsável pelas más notícias."

"Hmm."

"Aí eu chutei o balde e comecei a inventar de vez. Foi a coisa mais divertida que eu fiz na vida."

"Puxa."

"Eu sentava e falava os maiores absurdos. O cara estava tão entediado quanto eu, então era uma espécie de favor. Pra mim e pra ele. Comecei contando que fugi de casa e entrei para as drogas pesadas. Disse que roubava dinheiro dos meus pais e assaltava a mochila das meninas pra comprar crack. Falei que gostava de usar a maquiagem da minha irmã e comia os deveres de casa."

"Quê?"

"É. Eu inventei um histórico detalhado sobre meus ímpetos terroristas e chorei muito contando um episódio de agorafobia. Foi bem divertido. Mas a empresa só me obrigou a três meses de terapia e eu tive de sair, para desespero do psiquiatra, que quase me implorou para voltar. Ele queria me tratar de graça, só por interesse científico. Eu era o sonho de todo estudioso da mente humana. Pena que acabou; no fim das contas era legal."

"E pelo visto deu certo."

"É, mas não por causa do tratamento. Eu só fui encontrando o caminho, que nem a gente quando muda de CEP."

"Tá... Mas você chegou a falar que sai cantando por aí? Digo, para se proteger dos dias de chuva?"

"Há... Não. Pensando bem, teria sido legal da minha parte."

"É. Teria ajudado", suspirou Otto.

"De qualquer forma, só sei de uma coisa: se agora eu fosse me consultar com o médico de doidos, seria bem diferente."

"Por quê?"

"Ah, porque hoje em dia eu tenho problemas de verdade. Quer dizer, depois do incidente."

Otto franziu a testa e fez uma pausa. "Do que você está falando?"

"Como assim?", retrucou o carteiro.

"Não entendi."

"Não entendeu o quê?"

Aníbal deixou algumas cartas caírem no chão e teve de sair às pressas, pois já estava atrasado. O velho ficou parado na calçada, vagamente atônito. Ainda segurava a carta de Iolanda e suava nervosamente pelos nós dos dedos. Que problemas graves podia ter o carteiro? Unha encravada? Extravio de correspondência? O que poderia ser esse tal "incidente"? Nada fazia sentido, como costumava ser com os moradores daquele lugar. Otto não se lembrava de ter conhecido um vizinho normal em nenhum momento de sua vida na casa amarela. Ao longe, o carteiro seguia no seu ofício:

Quando Fernando Sétimo usava paletó.
(Correio!)
Usava paletó.

O velho deu de ombros e continuou a rumar em direção à casa de Iolanda. De repente, sentiu-se levemente idiota. Em todo o tempo que estivera conversando com Aníbal, não pensara, nem uma vez, que devia pedir para o carteiro desfazer o equívoco e entregar a carta a Iolanda. Afinal, a culpa era dele.

Otto não tinha muitos segredos com Ada, além do fato de que realmente gostaria de ter um coelho de estimação — desejo que por fim confessou, desviando o olhar, no ano anterior à morte da esposa. Ela deu risada jogando a cabeça pra trás e achou inexplicável que aquilo tivesse sido mantido em segredo; em seguida, pousou a mão no ombro de Otto e sugeriu que fossem naquele instante comprar um leporídeo de seu agrado. O velho, ainda com vergonha, achou que não tinha energia para cuidar de um ser vivo àquela altura da vida. Declinou da proposta. O mais perto que chegaram de um meio-termo satisfatório foi um coelho de pedra muito gracioso que Ada comprou na papelaria para presentear o marido nas bodas de ouro ou, como diziam, nas bodas de couve-flor do casal. Se a ideia era, a cada ano de matrimônio, encontrar um material mais nobre para simbolizar a união, então tulipas e couve-flor estariam no topo. Houve o tempo das bodas de bolo de cenoura e um ano em que eles decidiram fazer bodas de bode, só pelo trocadilho, mas deixando claro que o bode não era superior à turquesa, à prata ou ao coral. No ano em que Ada morreu, fariam bodas de manta xadrez.

O segredo que Otto escondeu por mais tempo ocorreu na década de 70, e levou mais de 15 anos para ser revelado. Naquela época, Otto trabalhava num escritório e se apaixonou por uma moça sofisticada, ex-campeã estadual de ginástica olímpica. Ela se chamava Aurora e muito se sabia dela: que era alta e curvilínea, que falava fluentemente alemão e que escrevia bilhetinhos espirituosos para um Otto cada vez mais suscetível. Costumavam sair para almoçar. Aurora era doce, gostava de filme *noir* e exercia um cargo contábil na firma. Aos 24 anos de idade, ganhava o maior salário do departamento e cursava um doutorado inteiramente bancado pela empresa. Naquela época, Ada tinha 37 anos e já não ficava tão bem de vestido curto. O problema durou quatro meses — Otto não conseguia dormir, pensava muito e emagreceu seis quilos só de angústia. Ada não suspeitava de nada. A essa altura ela já estava com um rosto meio pálido, não era elástica nem andava graciosamente como Aurora, que se abaixava para apanhar papéis feito um pelicano celestial. Todos os homens do escritório suspiravam por Aurora, mas era com Otto que ela mais conversava. Ele tinha vontade de convidá-la para sair, de enviar bilhetes de cinco ou seis páginas e de pentear aqueles cabelos lisos e claros. Otto gostava de Ada, mas só conseguia pensar em Aurora.

Uma década depois, quase tarde demais para fazer sentido, o velho confessou a Ada que houve uma vez uma moça muito bonita no escritório e que, apesar de todos os colegas a desejarem, foi por Otto que ela se apaixonara, um homem casado que gostava de vestir o pijama às cinco da tarde. Ada fechou os olhos, suspirou. Não quis ficar sabendo mais nada. Deu as costas para Otto e disse que deviam ir jantar no supermercado. (Antes, porém, observou que Humphrey Bogart não sorria porque era dentuço — Otto preferiu não se defender dessa vez, por via das dúvidas.)

3. Iolanda

Foi na casa de Iolanda que Otto percebeu algo de estranho pela primeira vez. A princípio, era uma sensação incômoda que surgiu assim que a vizinha abriu a porta para recebê-lo.

Otto sabia pouca coisa de Iolanda e sua família, além do que podia escutar dia e noite, ecoando em todas as paredes de azulejo do quintal. Aos setenta e tantos anos, a referida senhora era meio surda e falava com o sobrinho aos berros, como se ele sempre estivesse em outro cômodo, outra dimensão, ou dentro de uma bolha. O problema, para Otto, é que ela insistia em tratar de assuntos complicados aos gritos, em vez de simplesmente ir ao encontro do sobrinho e conversar como um ser humano normal.

Quando a esposa era viva, Otto se divertia interagindo, da cozinha, com a dupla escandalosa de vizinhos. Às vezes se empolgava tanto que Ada era obrigada a amordaçá-lo com a cortina, para não ofender Iolanda.

Não que Ada gostasse em especial da vizinha, sobretudo nos últimos anos, quando travaram inúmeras brigas por causa do barulho, dos chihuahuas neurastênicos e do denso matagal que atraía besouros e pernilongos do tamanho de ostras. Mas vizinhos eram vizinhos, e Ada procurava não se indispor ainda mais com alguém que já lhe fora tão próxima e que, afinal de contas, morava à distância de um espirro.

Dessa forma, as grosserias de Otto não eram bem recebidas por Ada, que pedia desculpas públicas por sua atitude — mesmo quando ele não havia feito nada de errado. "Ele não dorme direito faz duas semanas, coitado", justificava, meneando a cabeça, e Iolanda fingia compreender.

Foi por culpa dele que, nos últimos meses de vida, Ada tentara se reaproximar da vizinha, interessando-se por seus assuntos indianos e inclusive tomando emprestado o épico que mencionara a Otto, sobre a mulher nascida do útero de um peixe. Tudo para acalmar a animosidade entre Iolanda e o marido, que afinal nem era tão grave assim.

As indesejáveis interrupções de Otto se davam da seguinte forma: numa manhã de domingo, por exemplo, às sete horas, Iolanda e o sobrinho se preparavam para ir pescar. O menino foi o primeiro a entrar no banho. Otto dormia pesadamente em sua cama extramacia quando a gritaria começou:

"Esse sabonete é podre!", gritou o sobrinho do chuveiro.

"O quê?", a tia bradou.
"Podre! Esse sabonete é PODRE!"
"Hein?"
"O sabonete!"
"Eu comprei no Sonda's. Estava em promoção."
"De quem?"
"Estava em PROMOÇÃO."
"Pega outro pra mim!"

"O quê?"

"Pega outro pra..."

Nesse instante, Otto intervinha, erguendo a cabeça do travesseiro:

"Ele está pedindo pra você levar outro sa-bo-ne-te! Porque esse que a senhora comprou na promoção é uma droga! Ouviu? É podre! Uma merda!"

Outras vezes, uma história longa era recontada da cozinha para o quintal da frente, em todos os seus desdobramentos. Às vezes calhava de ser engraçada, como esta que Otto registrou no outono de 1994, embora, em geral, fosse apenas vazia e sem interesse:

"Então ela falou... ela falou que tinha um amigo chamado Hawannacazz. Está me ouvindo?"

"Há?"

"Hawannacazz!"

"Ah, bom!"

"E daí que ele resolveu dar uma festa... o Hawannacazz... e estava procurando um lugar grande para caber todo mundo."

"Arrã..."

"E alguém conhecia um galpão duma mulher chamada sra. Saturno."

"Tá."

"Então ele foi até lá e..."

"O quê?"

"então ele foi até lá e disse: 'Senhora Saturno, eu vim aqui pra ver o espaço!'"

"Não brinca!"

"Hahaha! Senhora Saturno, eu vim aqui pra ver o espaço!"

* * *

Desta feita, o que Otto sabia da vida de Iolanda era o seguinte: primeiro, que ela morava sozinha com o sobrinho. Segundo, que sofria de problemas auditivos agravados pelo latido constante dos chihuahuas histéricos que habitavam seu quintal. Terceiro, que adorava sair para dançar e migrava para o litoral no verão. Os chihuahuas ficavam sozinhos e passavam a noite uivando, para desespero do insone Otto. Quarto, que ela gastava muito tempo secando o cabelo, acendendo incensos florais, batendo vitaminas no liquidificador e assistindo ao canal evangélico no volume máximo, quando estava deprimida. O som da televisão aliado ao latido dos chihuahuas abafava a melancolia de Iolanda, uma solteirona de 70 anos que pintava o cabelo de acaju e nunca acertava a linha do rímel, pois que enxergava mal.

    O resto ele tentava não escutar — embora houvesse manifestado, durante certo tempo, um interesse específico pelas conversas de Iolanda ao telefone, numa época em que versavam sobre sua conversão à religião vedanta. Paradoxalmente, ela ia ao quintal arrancar ervas daninhas e discutir o Bhava Samadhi ao celular com seu monge, dizendo que era preciso "provar o açúcar em vez de tornar-se açúcar", coisas que Otto inclusive anotava para posteriormente repetir à esposa. Ele achava que essas questões só se podiam sussurrar num templo de mármore com peônias num lago. Peônias que pareciam moças dançando. Não achava certo perguntar ao *swami* o verdadeiro significado do Bhagavata-Bhakta-Bhagavan e daí interromper a conversa, dizendo que a bateria estava acabando e que ele podia responder por SMS. Mas os diálogos não eram sempre assim, interessantes. "Pois Ele é a personificação da doçura", ela costumava repetir. Iolanda gostava da sabedoria vedanta principalmente quando fazia referência aos doces.

Era basicamente isso que ele sabia da vizinha, mas, no fim do ano, sem aviso, Otto passou a ouvir passos de uma terceira pessoa na casa. Essa pessoa nunca respondia à distância os berros de Iolanda e do sobrinho: ela arrastava os chinelos até a dona da casa e perguntava, em voz baixa, se podia ajudar em algo. Estranhamente, Ada não sabia quem era a pessoa achinelada e o que estava fazendo lá, mas se comprometeu a descobrir na próxima reunião da vizinhança. Mais estranhamente ainda, nunca cumpriu a promessa — talvez porque tivesse morrido antes. Ou talvez tenha é morrido por causa disso. Quando o pensamento lhe passou pela cabeça, Otto se esqueceu de tudo por um instante e esboçou um sorriso: a morte da esposa podia estar ligada a uma sórdida trama policial com misteriosos forasteiros de chinelo, tulipas e iogues satânicos. Ao fazer perguntas sobre a identidade da mulher desconhecida, Ada teria acionado uma sangrenta engrenagem que vitimou a si mesma. Com vistas a encobrir o crime, os assassinos utilizaram aquele remédio que apagava as impressões digitais — a máfia com dedos descamados. Ela teria gostado dessa teoria. Ada costumava dizer que queria morrer numa praia paradisíaca atingida por um bólido de fruta-pão. "Contanto que seja uma morte interessante", dizia, e nada se revelara mais distante da verdade.

No dia em que Otto foi entregar a carta, teve de entrar na casa de Iolanda e aceitar um chá com biscoitos da vizinha, que aproveitou o ensejo para mostrar as fotos de sua viagem a Bangalore. "Não gosto. São farelentos", ele afirmou, embora aquilo fosse uma grande besteira. Otto amava biscoitos como a si próprio. "Só de olhar já me dá engasgos", acrescentou, em outra de suas mentiras espontâneas que vinham de não sei onde e aterrissavam na conversa sem que ele pudesse impedir. Era como se uma parte de Otto quisesse puxar assunto, qualquer assunto, talvez para se sentir mais próximo de Ada, e a outra preferisse estar no inferno com as costas quebradas. "Eu tenho uma tia com alergia a biscoitos", ele comentou, mas a vizinha não fez caso.

Na cozinha de Iolanda, enfim, Otto descobriu quem era a nova moradora da casa: uma menina magricela de uns 15 anos, muito branca e ruiva, que usava um vestido sem graça e chinelos de dedo. Seu nome era Eilinora. Não foi apresentada a Otto e tampouco ergueu os olhos para cumprimentá-lo. Continuou passando uma pilha de roupas quase pornográfica, que ocupava a mesa de jantar inteira e era separada por gênero: camisas, calças sociais, bermudas, vestidos, casacos, xales. Era roupa demais para pertencer apenas a Iolanda e ao sobrinho, a não ser que tivessem deixado acumular o montante do mês.

Por trás do bafo do ferro a vapor, a menina ruiva alisava bainhas com má vontade. Iolanda contou que ela era preguiçosa, indisciplinada e que tinha mais do que a obrigação de passar toda aquela pilha de camisas, pois ganhava um salário astronômico. Aliás, se Otto quisesse, estava convidado a deixar seu cesto de roupas amassadas para a Eilinora, que se encarregaria de alisá-las e dobrá-las.

Eilinora lançou um olhar fulminante para a patroa, que deu de ombros e sentou-se para mostrar as fotos de Bangalore, "a cidade dos feijões cozidos". Otto ficou de pé, tentando pensar numa desculpa para sair de lá o mais rápido possível: uma panorâmica do palácio de verão do sultão Tipu, com Iolanda e o sobrinho à frente, feito duas formiguinhas. Vira a página. Uma foto de Iolanda gordota, no alto de seus 70 anos, vestindo um sári vermelho e dourado, joias pendendo da cabeça, milhares de pulseiras de vidro e um colar de falsas esmeraldas, fazendo uma pose ridícula com as mãos, como uma atriz de novela executando algo semelhante à dança do ventre. Iolanda num riquixá. Ela e o sobrinho num lugar chamado Lumbini Gardens, em frente a uma estátua dourada, e logo em seguida no Hard Rock Café, tomando uma legítima caipirinha e acenando para a câmera. Otto demoraria meses para tirar essa imagem da cabeça. Iolanda abraçada a um pobre *swami*, que parecia constrangido e triste. Iolanda fazendo biquinho diante de um edifício cor de laranja. Otto estava quase paralisado, mas o álbum era espesso e ele tomou uma decisão. Disse que havia esquecido um assado no forno e precisava ir, mui agradecido pelos biscoitos, passar bem.

Sem demora, despediu-se da ruiva Eilinora. Enquanto se encaminhava em direção à porta, percebeu que Iolanda ainda falava com ele, aos gritos, da cozinha: "... E esta é muito boa, a gente chegou até o topo do monumento sagrado pouco antes dos guardas aparecerem. Foi no dia em que fomos até um lago enorme e tinha uma imagem daquele deus elefantinho sentado num..."

Na saída, Otto topou com o sobrinho de Iolanda, que chegava da faculdade. Foi com certo espanto que ele notou as roupas drasticamente amarrotadas do rapaz, como se mal tivessem sido passadas.

O que Otto sentia agora, em todos os momentos do dia, era o que costumava sentir quando estava com Ada, concentrando-se para dormir. Desde a época da escola, quando saía em acampamentos de férias, tinha aquela sensação horrível de ser o único acordado dentro da barraca, o último a conseguir pegar no sono. Primeiro, os amigos se deitavam nos colchonetes e tagarelavam sobre as atividades do dia, sobre o moleque que caiu na fossa sanitária e a explosão do fogareiro com posterior chuva de almôndegas pelo campo. Alguém contava uma piada, outro soltava um arroto e Otto se sentia o mais feliz dos homens da Terra, até perceber uma baixa na conversa. Era nítido: de repente, o Nuno, que até então estivera contando uma história longa e truncada, parava de falar e abandonava o bate-papo. Era o primeiro a dormir — o primeiro a nos deixar, pensava Otto.

Aí a conversa mudava de rumo, passando para baratas que comiam meleca do nariz das crianças adormecidas. "Como aqui, a gente está dormindo no chão e elas podem vir devagarzinho... só pra comer a nossa catota", anunciava um dos moleques. "Porque é superdoce, sabe?"

Na sequência, mais uma baixa quando o Boca provocava o Mancha e este não reagia. Aí Otto já começava a ouvir alguém ressonando, um projeto de ronco, e a barraca ficava silenciosa. Era a contagem regressiva: de sete, ficavam cinco e quatro, até sobrarem só Otto e um moleque cabeçudo que nem era seu amigo. Morrendo de medo de perder também o cabeçudo, Otto contava as histórias mais interessantes que podia arquitetar, erguia a voz, tentava preencher o vazio, dava risada da própria piada e, por fim, desistia. Arriscava uma pergunta, sem resposta. A solidão de Otto ficava pairando naquela frase: "Está acordado?", e levaria muito tempo até que ele conseguisse dormir também.

Otto sempre tivera dificuldade para pegar no sono, ao passo que Ada já caía no estágio REM antes mesmo de pousar a cabeça no travesseiro. Insônia, para ela, era passar cinco minutos rolando na cama, remoendo um crime hediondo que acabara de cometer. "Se você matasse um inocente com uma tesoura sem ponta, tipo um negócio sangrento, psicologicamente exaustivo, e tivesse que passar a vida enganando a polícia e fugindo de um fantasma raivoso, ainda assim demoraria só uns vinte minutos para dormir. No máximo", argumentava o marido. Para Otto, insônia era enfrentar quatro horas de uma exasperante vigília a troco de nada, ao fim das quais ele completara um balanço catastrófico de sua existência e resolvera não acordar nunca mais. Em quatro horas sem sono, é possível fazer uma viagem de ida até o inferno e por lá ficar, ruminando ansiedades e coisas terríveis, antecipando a morte dos entes queridos e resgatando coisas que deviam ficar bem enterradas no passado, como brigas que nunca se resolveram, raivas represadas de gente que sumiu há tempos, coisas ouvidas e não compreendidas, tragédias, notícias ruins. Em quatro horas, dá para repassar os piores episódios da sua vida, na ordem, derretendo-se em dor de garganta, taquicardia e suor.

Ele pensava muito na morte, em como seria dormir para sempre e não acordar mais. Nessas horas, procurava ficar imóvel e fingir que havia morrido, tentar imaginar como seria ter um corpo sem vida, boiando num vazio eterno, não tornar a abrir os olhos, essas coisas animadas e edificantes nas quais a gente pensa quando não consegue dormir. Tentava sentir-se um cadáver sufocado num caixão envernizado a sete palmos da superfície. Pensava em como se daria a sua morte, se sofreria muito e como seriam seus últimos momentos — na verdade, isso ele nem precisava supor. Sabia muito bem: seus últimos momentos seriam de alface, exatamente como eram as suas noites de insônia ou quando seus amigos iam adormecendo, um a um. Exasperantes, solitárias, sem sentido. Não dava nem pra chorar. (Eram assim as insônias de Otto.)

Tinha vontade de ficar conversando com a esposa a noite toda, como nos acampamentos de férias, e de repente acender a luz e ir comer salgadinhos de queijo. Ou senti-la desperta ao lado dele, partilhando suas angústias, sofrendo uma insônia de solidariedade, levantando a cada meia hora para ir ao banheiro. Mas não: eles se deitavam, trocavam um boa-noite e Ada já tinha adormecido. Antes disso, até. A Otto restava a imensidão de um sono que não vinha — sozinho e silencioso como a rua e as janelas.

Certa vez, há muitos anos, Ada resolveu fazer uma experiência. Já que o marido sofria de insônia e ela não tinha a intenção de vê-lo perambulando pela casa, sonâmbulo, com os efeitos colaterais do hemitartarato de zolpidem — sabe-se lá o que ele faria com o estoque de picolés! —, resolveu apelar para uma solução caseira, uma fórmula de sonífero ensinada por sua avó: chá de alface.

Por mais que ele rejeitasse aquele plano idiota, Ada arrastou-o até a cozinha e pediu que fosse fervendo a água, enquanto ela retirava o miolo imundo de um pé viçoso de hortaliça. Depois de lavá-lo, picotou-o distraidamente, jogou tudo dentro da panela e ficou olhando. Esperaram. Depois de uns cinco minutos de cozimento, durante os quais observaram um silêncio solene (Otto temeu que a esposa adormecesse ali mesmo, de pé), a água ficou amarelo-esverdeada e ela comemorou o êxito da empreitada. Abafou a solução herbácea com um pires, esperou uns minutos e a serviu ao marido, que a essa altura já tinha fugido para o quintal.

Naquele inverno, Otto foi obrigado a tomar chá de alface todas as noites, sem que isso lhe trouxesse qualquer resultado prático além da dor de barriga e de uma progressiva e completa aversão a vegetais folhosos. No septuagésimo dia, a experiência foi abortada por fracasso e motim do público-alvo, de modo que Ada encerrou suas anotações empíricas com a observação: "Hipótese refutada. Abaixo a lactucina. A cobaia não aguenta mais ver alface."

Nos anos seguintes, Otto já não conseguia frequentar a feira sem associá-la à solidão da vigília e aos maus pensamentos que surgiam de madrugada, tão distantes de Ada, que dormia pesado como se estivesse morta. Tais pensamentos costumavam sumir como por milagre no café da manhã, quando a esposa se erguia num salto e ia tomar banho, tanto que dali a pouco ele nem lembrava qual o motivo de tanta amargura.

Agora Otto sofria de uma insônia infinita. Os maus pensamentos permaneceriam para sempre, pois nunca mais haveria manhãs — agora, toda noite era de alface. E Otto odiava vegetais folhosos.

Por via das dúvidas, Iolanda decidira acreditar em tudo. Começou com a onda new age, um misticismo que tinha a ver com aquários e unicórnios, e que em si já misturava elementos metafísicos de influência oriental, linhas teológicas, crenças espiritualistas, animistas e paracientíficas, numa proposta de simbiose com a Natureza e o Cosmos.

Com os anos, sua casa acabou virando um templo da esquizofrenia espiritual: cabalas conviviam com pirâmides, cristais, pegadores de sonhos, símbolos astecas, pulseiras de equilíbrio, pequenos budas dourados, velas de sete dias, bonsais da prosperidade e incensos altamente sulfúricos. Na biblioteca, amontoavam-se obras sobre tarô, runas, reflexologia, florais de Bach, mapa astral, gurus, gnus, esoterismo, búzios, numerologia, gnose, acupuntura, sincretismo, busca interior, autoajuda, magia, predição, cientologia e extraterrestres.

Iolanda também se converteu à Igreja Evangélica do Retângulo de Luz Dourado, embora continuasse se considerando católica. Frequentava os cultos, andava por aí com uma Bíblia debaixo do braço e tentava pregar a Boa-Nova ao carteiro, que ouvia atentamente e no fim fazia uma piada com o Apocalipse que estava próximo. Iolanda também curtia essas coisas de Quatro Cavaleiros, Peste, Fome, Guerra e Morte, e jurava de pés juntos que os evangelhos apócrifos foram escritos por Maria Madalena em coautoria com o espírito Cassius. Em seus discursos, os templários se associavam às entidades do mal, arquitetavam com a CIA uma conspiração para ocultar os incas e envenenar o planeta adicionando LSD na água potável. Os indígenas também tinham seu espaço na cosmogonia particular de Iolanda, e foi sem reservas que ela se rendeu ao sebastianismo.

Quando ia à farmácia, aquela curiosa senhora de cabelo acaju esperava todos os clientes serem atendidos e só então estendia sua cesta de compras a Nico, cheia de frascos de gingko biloba, barbatana de tubarão e clássicos da homeopatia. Ele respirava fundo. Sem demora, ela engatava uma conversa exasperante na qual relacionava o câncer ao excesso de rancor, à retenção de sentimentos negativos e à mesquinhez em seu estado mais puro.

"Eu tinha uma parenta assim", ela contava, usando sua palavra preferida: parenta. "Sabe gente ruim, amarga? Ela tratava mal os filhos, falava de todo mundo pelas costas, era avarenta, não gostava do Natal. Fugia dessas coisas de espiritualidade."

"Arrã."

"Aí um dia ela descobriu que tinha tireoide."

"?"

"Mas isso não foi o pior. No fim das contas, toda aquela raiva guardada virou um câncer."

"Olha..."

"É o que eu sempre digo, meu filho: a gente não pode guardar coisa ruim, tem que descarregar. Tem que se livrar do encosto. Senão a gente fica assim, podre por dentro. Essa minha parenta, por exemplo..."

"Dona Iolanda, eu..."

"... Ela faleceu de câncer duas semanas depois. Meu filho! Duas semanas! O câncer já tinha corroído tudo, e vou te dizer uma coisa, que Deus me perdoe: ela mereceu. Ô, se mereceu. Gente ruim pega câncer. É castigo lá de cima."

"Dona Iolanda, a minha avó teve câncer no intestino. A velhinha mais doce que eu já conheci."

"Ah, mas devia ter ódio no coração. Ou algum tipo de mágoa do passado. Isso aí é emoção reprimida, né?"

"A minha avó tinha predisposição genética, dona Iolanda. Não tem nada a ver com energia do mal."

"Arrã, mas a sua família tem tendência à introspecção? Ao ressentimento?"

Nesse ponto, Nico desistia. Aquilo era mais exaustivo do que cruzar o estreito de Dover com as mãos atadas. Ele erguia o rosto e anunciava:

"Quinze e sessenta e cinco. Dinheiro ou cartão?"

"Cartão. No débito, faz favor. Vai dizer que você não acha que apendicite é um bloqueio patológico do fluxo de energia do bem? E rinite alérgica, sabe qual é a causa?"

"Hereditariedade. Exposição a agentes alérgenos."

"Congestão emocional. Culpa, mania de perseguição."

"..."

"E cervicalgia?"

"Má-formação óssea e sobrecarga muscular, principalmente se..."

"Enfraquecimento da aura. Gordura localizada?"

"..."

"Falta de amor da mãe."

"Dona Iolanda, eu tenho um diploma de técnico em farmácia. Só trabalho com hipóteses científicas."

"Mas tudo isso está provado, meu filho! Não vou dizer que é causa e efeito, mas que tem a ver, ah se tem. Pensa só: quem tem reumatismo geralmente se queixa de falta de amor. Pressão baixa vem do derrotismo. Já é sabido que enxaqueca afeta quem é perfeccionista. E artrite..."

"A senha."

"Não faça essa cara."

"Faço sim. Eu sou um homem sem fé. A senha, por favor."

"Espanta essa energia negativa, meu filho, senão você..."

"Obrigado. Aqui está o seu cartão. Mas diga lá, falta de fé dá gota? Tifo? Flebite?"

"Falta de fé leva ao fracasso."

As conversas entre Nico e Iolanda eram sempre assim. Uma pena, pois ela não deixava o rapaz falar e, portanto, anunciar sua última descoberta no campo dos efeitos colaterais medicamentosos: um remédio para quem sofre de hipotensão que pode provocar arrepios.

"Cloridrato de midodrina, 5mg", ele informava a si mesmo, nos momentos de calmaria na farmácia. Era um homem de ciência.

* * *

Depois da visita a Iolanda, às quatro da tarde, Otto fechou as janelas, deu o dia por encerrado e pensou que nunca mais gostaria de ver ninguém. Aquela Iolanda era uma louca mística que exagerava na maquiagem e não parava de falar asneiras. Não sabia como Ada conseguia entabular uma conversação minimamente plausível com ela. Em todo caso, tudo o que Iolanda fazia seguia uma certa lógica própria, mesmo que deturpada, e era isso que ele não conseguia entender no caso da ruiva Eilinora. Não era do seu feitio contratar uma passadeira indisciplinada que cobrava um preço faraônico e andar por aí com as roupas amarrotadas. Eilinora não conseguia acertar nenhum vinco. Ela era a pior das passadeiras, mas tinha um emprego fixo, ganhava bem e cuidava de uma pilha equivalente ao vestuário de toda a cidade — e que, a julgar pelo convite feito a Otto, realmente equivalia ao vestuário de toda a cidade.

Com os diabos se aquilo não era muito suspeito.

4. Sr. Taniguchi

No dia seguinte, Otto acordou às seis e meia da manhã. Rolou para o outro lado da cama e tentou voltar a dormir, mas já estava desperto. Pensava em Nico, Iolanda e o carteiro, todos desequilibrados e histriônicos, do jeito que Ada gostava. Arrastando os chinelos, levantou-se para escovar os dentes e lavar o rosto com dois tipos de sabonetes antibactericidas — um deles matava 99,8% das bactérias e o outro, 99,7%. Juntos, não só exterminariam os micro-organismos nocivos como também deixariam sua pele com créditos. Otto esfregava as bochechas em movimentos circulares. De todos os malucos que moravam ali perto, o único que lhe inspirava respeito era o centenário sr. Taniguchi, um cavalheiro sisudo, regrado e ciente de seus deveres. Era com ele que Otto conversava sempre que podia, ou pelo menos até que o velho ficasse senil, respondendo em japonês e cuspindo nas visitas.

Com o agravamento de sua doença e confirmado o diagnóstico de Alzheimer, Otto parou de visitar o vizinho, embora fizesse questão de receber de Ada informações atualizadas do amigo. A esposa continuava a vê-lo, levando travessas de couve-flor à milanesa e ajudando a filha dele com os cuidados gerais.

Era pela manhã que Ada visitava os Taniguchi, numa das tarefas diárias que ela cumpria com esmero. Ada se levantava às seis, de um salto, e deixava a água do chuveiro esquentando enquanto ia buscar o jornal na porta. Às 6h10, sentada no bidê, já estava por dentro de todas as ocorrências internacionais e havia selecionado as melhores tirinhas, a fim de mostrá-las ao marido.

Ada tomava um banho de quinze minutos, esfriando aos poucos a água do chuveiro e deixando-a cair pela cabeça. Escovava os dentes dentro do boxe, passava um creme no cabelo, esfoliava o joelho e cantarolava. Não raro, ligava o rádio na tomada da pia e cantava o que estivesse tocando, pois julgava que assim teria de ser o início de seu dia — seguindo um ritmo escolhido ao acaso. Ela gostava muito de começar suas atividades matinais ao som de canções caribenhas. "Ninguém se deprime com ritmos caribenhos", disse uma vez o carteiro.

Após o banho, vestia uma roupa de ginástica e ia para o chão da sala fazer exercícios de ioga que ela mesma selecionara de uma revista, com as bênçãos de dona Iolanda. Em silêncio, sobre o tapete, repetia vagarosamente uma série de rotinas de alongamento, respirava fundo, ouvia o silêncio da rua e tentava não pensar em nada. Era difícil. Ada costumava ter cinquenta ideias por minuto, todas empolgantes e de execução obrigatória.

Depois do alongamento, estava mais desperta e pronta para os excessos do café da manhã. Naquela casa, a alta carga calórica era mandatória para começar o dia: Ada espremia laranjas, assava um bolo rápido no micro--ondas, torrava pão e dispunha sobre a mesa cinco tipos diferentes de geleia, junto com a manteiga, o café, os frios e os croissants de chocolate comprados no dia anterior. Às vezes, preparava ovos e panquecas. Nos dias comemorativos, fritava talos de couve-flor à milanesa — os vizinhos viviam reclamando que o cheiro lhes dava azia, mas isso nunca demoveu Ada de suas excentricidades matinais. Quem reclamasse ganhava uma tigela de couve-flor fresquinha e aprendia a ficar calado da próxima vez.

Iogurte era uma opção eventual, em diferentes sabores, com ou sem cereal para acompanhar. Nos dias de calor, havia também açaí com banana e frutas da estação. Ao terminar de cumprir as providências para a refeição, Ada acordava Otto com o cheiro do café pronto. Ele se levantava, meio zumbi, e rumava direto para a cozinha, sem se preocupar em lavar o rosto ou abrir bem os olhos. Lá, dedicava-se taciturnamente às geleias, que o faziam despertar aos poucos e nesta ordem: morango, laranja, uva, framboesa e goiaba.

Passavam meia hora mastigando lado a lado. Primeiro em silêncio, pois Otto ainda cochilava mentalmente e não despertara de todo — portanto não caberia, ali, gabar-se de tudo o que ela já havia feito enquanto o marido babava no travesseiro. Passados alguns minutos, Ada podia entabular, com segurança, uma conversa inofensiva, a que Otto ia respondendo com monossílabos e, pouco a pouco, com gestos efusivos e gargalhadas. Ela trazia a seleção matutina de tiras do jornal, falava dos planos para o dia e fornecia informações climáticas de interesse geral. Perguntava como estavam as costas de Otto, se ele queria mais alguma coisa, e então o telefone tocava.

Era a srta. Taniguchi dizendo que o pai já acordara e que ela podia passar para visitá-los. Ada preparava uns embrulhos com quitutes, se despedia de Otto e saía muito animada para a tradicional visita da manhã.

* * *

O sr. Taniguchi, de forma bastante similar a Otto, passava os dias sentado numa poltrona, de frente para a televisão. A única coisa que ainda parecia reconhecer sem reservas era seu próprio retrato em cima da cômoda, uma foto de 1943 em que posava de uniforme militar e afiançava seu apoio às forças do Eixo. O sr. Taniguchi, outrora sargento Taniguchi, havia lutado na Segunda Guerra Mundial e matado uma porção de ianques. Otto nunca se cansava de ouvir sua história, repetida à exaustão: aos 22 anos, fora convocado para servir na ilha de Marinduque, nas Filipinas. Apesar de medir 1,57 de altura e pesar 45 quilos, o sargento Taniguchi fora um aguerrido defensor do imperador Hiroíto, sobretudo quando os americanos ocuparam a ilha, em janeiro de 1945, e ele sobreviveu com uma guarnição de apenas quatro combatentes.

Retirando-se para o interior da selva de Marinduque, próximo a Tumagabok, o grupo conseguiu refazer-se do choque e delineou uma ambiciosa estratégia de contra-ataque. Eram especialistas em táticas de resistência, espionagem e guerrilha, e resistiriam até retomarem o território.

Sua minúscula guarnição mudava de posição a cada três dias e tomava todo tipo de cuidado para passar despercebida. Sobreviviam de coco, bananas e do roubo de gado. Às vezes caçavam galinhas, porcos ou iguanas, mas só quando se julgavam seguros, já que os tiros de fuzil poderiam revelar sua localização ao inimigo. Roubavam munição e armamentos da polícia.

Em 9 de agosto, o sargento Taniguchi perdeu a família em Nagasaki, mas não ficou sabendo. Tinha ordens de não se render sob hipótese alguma, e foi o que fez: movido pela certeza de que cumpria um dever, lutou durante trinta anos nas selvas de Marinduque, sem descanso, e também sem suspeitar que a guerra já havia acabado.

Segundo os relatos que fizera a Otto dezenas de vezes, o sr. Taniguchi nunca acreditou nos folhetos distribuídos por aviões do governo japonês, anunciando o fim da guerra e a derrota do Eixo. Julgava ser propaganda ianque para enganá-los e convencê-los à rendição. Tampouco acreditava que aqueles pobres nativos errantes nas montanhas eram, com efeito, humildes camponeses que tocavam suas vidas após o fim da ocupação americana. O sargento Taniguchi tinha plena convicção de se tratar de espiões inimigos e, portanto, não hesitava em abatê-los. Não raro, os moradores caíam em armadilhas suspensas e eram mutilados, alimentando lendas sobre demônios que assombravam as redondezas.

Já na década de 50, um dos soldados do diminuto pelotão — que o sr. Taniguchi chamava de "pelotinho", esboçando um sorriso de canto — ficou desconfiado e resolveu desertar. Entregou-se à polícia local e pediu informações sobre a guerra. Ao descobrir que o conflito havia acabado, "e faz tempo, hein", delatou a posição dos amigos e decidiu liderar pessoalmente uma patrulha para resgatá-los. Desconfiado, o sargento Taniguchi concluiu que o ex-soldado havia se transformado em traidor, ignorou os apelos de rendição e resolveu se mudar para outro lado da ilha, ao norte de Santa Cruz.

O sargento também ignorou uma centena de folhetos, lançados por aviões, com retratos dos soldados perdidos e cartas de seus familiares. Primeiro, achou estranho não haver nenhum bilhete da esposa, que sabia de sua localização e prometera lhe dar notícias assim que o conflito chegasse ao fim. Com base nessa lacuna e na caligrafia "perfeita demais" dos parentes dos demais soldados, concluiu que se tratava de falsificações produzidas pelo inimigo.

Assim o "pelotinho" permaneceu na guerra explodindo pontes, assaltando propriedades e sabotando o Festival de Moriones, ano após ano. O Moriones, explicava Taniguchi, era uma tradição da Semana Santa que reencenava a história de são Longuinho, o soldado romano que perdeu um olho e trespassou Cristo com uma lança. Nos primeiros anos, os homens do sargento dedicaram-se a roubar uma dúzia de máscaras de centuriões romanos, com as quais, nos anos seguintes, se misturavam à procissão de rua e plantavam bombas caseiras em locais estratégicos. Por décadas o evento foi castigado pelos demônios das montanhas, que promoviam tragédias de pequeno e médio porte, algumas mixurucas ou ridículas demais para criaturas malévolas de sua estirpe. Mal sabiam os filipinos que se tratava de resistência camicase ligeiramente fora de época.

A guerra dos três soldados foi firme e constante até os anos 60, quando o soldado Kazuo Nakamura foi morto durante um ataque a um grupo de pescadores. Assim se descobriu que o pelotinho (ou "batalhão dos lunáticos nipônicos") ainda estava na ativa, e enviou-se nova patrulha para anunciar-lhes o fim da guerra. Mas o sargento estava zangado e de novo não acreditou no engodo. Não só estava zangado, como estava muito zangado, e por isso decidiu organizar uma contraofensiva para vingar a morte do amigo. Restaram só ele e o irmão mais novo de Kazuo, Yuichi, com quem logrou meia dúzia de ataques a casebres e incêndios a plantações de arroz.

Semanas antes de morrer, alvejado pela polícia durante uma tentativa de ataque à base aérea de Santa Cruz, Yuichi Nakamura ouviu e ignorou o apelo de seu irmão mais velho, Hiro, trazido à ilha pelo governo japonês para integrar uma patrulha de resgate. Berrando num megafone, Hiro passou três dias tentando trazê-lo à razão. Enumerava passagens da vida familiar como comprovação de sua identidade e pedia a rendição dos dois combatentes. Embora Yuichi admitisse que a silhueta e a voz eram muito parecidas com as de Hiro, o sargento Taniguchi ressaltou que se tratava de outro golpe e interpretou-o como um sinal de que os ianques estavam determinados a burlar a resistência nipônica, usando todos os expedientes possíveis. Ou pior: talvez tivessem realmente rendido Hiro, portanto era dever dele, Yuichi, lutar até o fim pela libertação do seu povo, vingando o assassinato do irmão do meio e a captura do mais velho.

Em 1971, com a morte de Yuichi, sobrou apenas o cabeçudo sargento, que, segundo ele próprio, passou a agir como uma espécie de Rambo samurai em plena selva filipina. "Decidi atirar para matar. As tentativas de cooptar meus homens com cartas e fotos eram provas suficientes de que o inimigo atacava com toda a força e que eu não podia sucumbir, pela honra do povo do Japão e pelo imperador Hiroíto", contou, esboçando o mesmo sorriso de canto, a um só tempo amargo e orgulhoso. De vez em quando — e, diga-se, com certo alívio —, Taniguchi avistava um esquadrão de caças americanos sobrevoando a ilha. Com vistas a mostrar que não desertara de seu posto e que, afinal, tinha razão, soltava uma rajada de tiros e tentava abatê-los em pleno ar.

Nos dias mais solitários, o sargento Taniguchi repetia mentalmente as ordens de seu superior, o major Ryoshi Sugaye, que há tanto tempo lhe incumbira de organizar a inteligência japonesa na ilha, ainda que tivesse de cumprir a missão sozinho, contra tudo e contra todos. "Como oficial da inteligência secreta, você tem o dever de continuar leal à sua missão mesmo se o território for tomado pelos inimigos, e mesmo se restar um único soldado sob suas ordens. Pode levar quatro ou cinco anos, mas, seja como for, nós voltaremos para buscá-lo", garantiu. "Resista até o fim." O sargento obedeceu.

Naquele período, os poucos camponeses que tiveram um vislumbre do guerrilheiro Taniguchi — e sobreviveram para relatar o que viram — mencionavam o espectro aterrorizante de um japonês camuflado, o rosto envolto em carvão, a espada na mão, um fuzil nas costas, quinhentos cartuchos de munição e diversas granadas nos bolsos. O sargento Taniguchi continuava zangado. Muito zangado.

Otto se encaminhava a passos arrastados pelo corredor. Ao acordar, não tinha mais vontade de ir à cozinha, pois lá não haveria mesa pronta com cinco tipos de geleia nem Ada ansiosa, mal contendo sua empolgação matinal e a vontade de sair metralhando o marido à velocidade de cem palavras por minuto, enquanto mastigava uma fatia de bolo de abacaxi. Já não havia cheiro nenhum pela casa — nem apetitoso, gordurento ou queimado —, não havia sons nem coisas fora do lugar. Desde a morte da esposa, Otto resolvera dispensar o café da manhã excessivamente calórico e ia direto para a sala, onde afundava na poltrona e cobria os joelhos com a manta.

Otto tentava cochilar, mas não conseguia. Abria um livro, fechava e abria de novo. Punha-se de pé para empurrar a janela e sentia uma pontada nas costas. Voltava à poltrona. Fatalmente pensava em algo que não devia e fechava os olhos, prendia a respiração, tentava afastar a lembrança.

Naquele dia, Otto recordou os famosos experimentos culinários de Ada. Era assim: ela decidia cozinhar algo esquisito. Descia um monte de coisas dos armários, consultava livros de receitas, acendia todas as bocas do fogão e anunciava: vou fazer suco de banana. Ou: é hora de experimentar esta receita de pavê salgado com sopa de algodão. Otto se instalava no banco da cozinha, resignado. Tentava acompanhar de longe a movimentação das panelas, receoso de presenciar uma calamidade doméstica, e, a certa altura, oferecia-se para chamar a Defesa Civil ou o Corpo de Bombeiros.

"Aquela labareda saindo do pudim... é normal?"

Certa vez, Ada preparava a calda de um manjar e provocou pequenos incêndios que levantaram fuligem e galinhas pretas no raio de alguns quilômetros. Os vizinhos não hesitaram em telefonar e perguntar qual o cardápio do dia. Ada papeou longamente com eles e prometeu que enviaria Otto para varrer os quintais dos prejudicados.

Na cozinha, ela pecava por excesso de imaginação. Quando Otto descobria que o objetivo era fazer uma torta de maçã, por exemplo, tratava de esconder imediatamente os vidros de páprica, alfavaca, coentro e tomilho. Mesmo assim, ela se punha ao trabalho, enquanto o companheiro separava os folhetos de pizzaria só por precaução. Se ela por azar manifestasse algum tipo de irritação com os comentários sarcásticos da plateia, ele provocava ainda mais, afirmando que "uma imaginação bem direcionada é a origem de grandes realizações", ou que "a fome é boa mostarda". "Ouviu?", ele perguntava.

"Cala a boca e me passa a espátula", ela respondia.

Duas horas depois, o inevitável: as paredes cheias de molho de tomate, uma pilha de louça suja na pia, pedaços de brócolis no chão, panos de prato destinados à incineração imediata e um resultado totalmente distinto do que se esperava. Em geral, concluía-se a desastrosa (e demorada) cocção com um prosaico prato de macarrão com ovo frito.

  Isso quando Ada por pouco não provocava a morte do marido por intoxicação. Duas vezes. A primeira, ao assar um frango que ficou com gosto de estrôncio. "Vai por mim, ninguém precisa comer estrôncio para ter certeza de que é isso aí", garantiu Otto, afastando o prato e recorrendo aos milagrosos serviços da Pi-Pizza, cujo logotipo era um π e uma pizza. A segunda tentativa de homicídio envolveu uma espessa nuvem de gases tóxicos que emanou da cozinha quando Ada quis testar uma receita de pipoca com pimenta que redundou em, vejamos, uma boa dose de gás de pimenta. Os moradores tiveram de abrir todas as janelas e manter de sobreaviso o pessoal da Assistência Toxicológica, até que os sintomas piores tivessem passado — olhos lacrimejando, cegueira temporária, asfixia e mal-estar. Ainda assim, naquela noite, a pipoca ficou particularmente saborosa.

Em agosto de 1978, no limiar da nova década, um jovem estudante em intercâmbio foi às Filipinas. Decidiu visitar a ilha de Marinduque e apostou com os amigos que lá encontraria "o sargento Taniguchi, um urso panda e o Abominável Homem das Neves, nessa ordem".

  Contrariando todas as expectativas, o improvável aconteceu: Akira Abe não se deparou com um panda nem com o mítico *ieti*, mas encontrou o sargento Taniguchi em pessoa, único sobrevivente do famoso "batalhão dos lunáticos nipônicos", que, aliás, quase o executou à queima-roupa, confundindo-o com um agente do imperialismo ocidental. Nascido em Hiroshima, o estudante de psicologia pediu clemência em japonês, usou de alguns expedientes que aprendera na faculdade e, por fim, se fez ouvir.

Foi aquele rapaz magro, dentuço e de abrigo de ginástica, recém-saído da adolescência, que pôs o sargento a par de tudo pela primeira vez. Abe contou que a guerra havia terminado há exatos 33 anos, com a rendição do Japão. Ao escutar tamanho absurdo, o sargento Taniguchi voltou a ameaçá-lo com o fuzil. Por sorte, o estudante conseguiu acalmá-lo. Então enfiou a mão no bolso e mostrou um amontoado deformado, uma pequena escultura metálica composta de várias partes indistintas. Algumas delas eram vagamente redondas e tinham um quadrado vazio no meio.

"Sabe o que é isto?"

O sargento baixou o fuzil e aproximou-se para enxergar melhor. Distinguiu uma moeda de iene fundida a outros pedaços de metal. Taniguchi deu de ombros e o moleque afirmou:

"São moedas derretidas. Meu avô encontrou a quinhentos metros do epicentro. Com o calor da explosão, elas se fundiram umas às outras e a tudo mais que encontraram no caminho."

"Explosão..?"

"Isso, atômica. Uma bomba americana caiu em 6 de agosto de 1945 sobre a cidade de Hiroshima, e depois em Nagasaki."

O sargento sentou-se de uma vez, examinando a escultura de moedas fundidas na mão do estudante. Só podia ser mentira, pois ele almoçara em Nagasaki antes de partir para as Filipinas. Uma boa tigela de arroz.

"Meu avô morreu dias depois, de queimadura e desidratação. Pediu que meu pai guardasse a Monomoeda."
"Hein?"
"Monomoeda. Várias moedas numa só."

O sargento Taniguchi havia acabado de descobrir que sua família inteira havia sido dizimada por um artefato nuclear e não achou a menor graça. Isso explicaria a falta de notícias da esposa. Isso explicaria por que, naquele rádio de pilha que roubaram nos idos de 1960, a difusão em japonês da BBC australiana não falava nada do Führer, do valoroso comandante Yoshijiro Umezu, das forças de resistência nas Filipinas e do grande império nipônico da Ásia-Oceania. Tampouco os jornais que às vezes os soldados conseguiam furtar. Referiam-se, em vez disso, ao milagre econômico japonês e a um certo Tribunal de Pequim, que ele descartara como sendo contrapropaganda barata. Pelo que Taniguchi podia apurar, quem estaria liderando a ofensiva britânica era um general de nome McCartney, que havia "conquistado toda a Europa, com consequências que assolaram o mundo".

O fim da guerra explicava tudo. E fazia sentido. "Naquele momento, me dei conta: 'Nós realmente perdemos a guerra! Como pudemos ser tão descuidados?' Pensei no que havia sido a minha vida durante esses trinta anos, e, pior, no Yuichi e no Kazuo, que morreram por nada", ele confessou, abanando a cabeça. Otto gostava muito dessa parte da história, embora fosse triste e confusa.

Subitamente reduzido a um velho louco e solitário, o sargento Taniguchi desabou. Abandonou o fuzil no chão e ficou ali, sentado, encarando o vazio. Nas horas que se seguiram, o estudante Akira Abe contou que a bomba de Hiroshima levou 43 segundos para cair e riscar a cidade do mapa, que a cúpula Genbatsu foi a única a resistir e que um vizinho da família Abe se desintegrara nos degraus de um banco. Nagasaki havia sido bombardeada porque o alvo principal, Kokura, estava coberto de nuvens. "Dizem que em Dresden foi pior", ele ressaltou, à guisa de consolação.

Isso explicava tudo, menos as enormes formações de caças americanos que sobrevoaram as Filipinas inúmeras vezes nas décadas subsequentes ao fim da guerra, sob a artilharia pesada do sargento Taniguchi, que tentava abatê-los.

"Estavam indo para a Coreia. Depois, para o Vietnã", explicou o estudante.

Com os olhos opacos, o civil Taniguchi raciocinou: tudo isso fazia sentido, mas precisava de uma prova definitiva. O rapaz ainda estava incrédulo quando o sargento sumiu atrás de uma árvore para trocar de roupa.

Àquela altura, Taniguchi já estava com 58 anos de idade e muito raramente trajava o uniforme completo, mas foi fardado de cima a baixo que voltou anunciando: só se entregaria diante da ordem direta de seu comandante e ponto final, por mais moedas fundidas que lhe mostrassem. Só então desistiria. O sargento recolheu suas coisas e abandonou o pobre rapaz de abrigo amarelo, marcando um encontro no mês seguinte naquela mesma clareira, dessa vez na presença de seu velho comandante.

Ao retornar à capital filipina, o estudante Akira Abe avisou as autoridades de seu país e informou a localização daquele exército de um homem só, transmitindo as condições de sua rendição.

Ryoshi Sugaye, antigo comandante de Taniguchi, sobrevivera à guerra e levava uma vida pacata como florista em Sekigahara, um vilarejo de oito mil habitantes a 55 quilômetros de Nagoya. Aos 82 anos de idade, Sugaye recebeu a informação de que um de seus subordinados continuava em combate, aguardando ordens para entregar as armas. O idoso comerciante gargalhou com a cabeça para trás, quase engasgando, mas, quando lhe mencionaram o nome de Taniguchi, lembrou-se do rapaz teimoso de bigode fino que enviara às Filipinas. E soube que era verdade. "Nós voltaremos para buscá-lo", ele prometera havia tanto tempo, e sabe como esses jovens levam as coisas a sério. Durante quase três décadas, Sugaye produzira um séquito de netos e bisnetos, aprendera a andar de bicicleta e se casara três vezes com mulheres cada vez mais jovens. Já o sargento Taniguchi passara aquele tempo todo batendo continência, de pé, na selva de Marinduque, e continuaria assim até que ele o dispensasse.

De maneira que, em novembro de 1978, um resignado Ryoshi Sugaye desencavou o velho uniforme do armário, despediu-se da esposa e foi à guerra. Sua missão: resgatar um sargento que se embrenhara na selva filipina e lá permanecera, por absoluta falta de ordens em contrário.

A manhã era o horário mais difícil para Otto. O período entre as sete e as dez demorava meses para passar, enquanto ele seguia com os olhos o ponteiro do relógio. De manhã, Otto não conseguia cochilar e ficava ali sentado, pensando. Quando algum vizinho ligava o aspirador, ele bufava e praguejava, como se o ruído viesse interromper suas lembranças. Se alguém tocasse a campainha, ele reagia com altos brados.

Às vezes, por cinco ou seis minutos, Otto se esquecia de que ela tinha ido embora. Depois de horas relembrando o passado, chegava a um ponto em que simplesmente abstraía o presente, num processo semelhante ao que ocorre quando nós finalmente caímos no sono, depois de passarmos um tempo fazendo força para dormir. Quanto mais tentamos dormir, mais difícil entrar nessa forma espontânea de abandono. Isso demorava para acontecer, mas, quando ocorria, era a melhor coisa do mundo.

 Otto entrava num estado de serenidade e enfim conseguia descansar. Pensava que tudo estava bem e quase podia sentir a maçaneta se mexendo, como se ela estivesse retornando da casa de um vizinho. Para Otto, era a mesma sensação de misturar cinco sabores de geleia. Era o mundo em ordem alfabética. Aquele estado de torpor durava pouquíssimos minutos e logo era invadido por um ruído externo ou por um pensamento que o trazia à realidade. Por exemplo: aquele barulho na porta não era Ada voltando da casa do sr. Taniguchi, mas um dos cachorros de Teresa remexendo a terra do jardim.

Quando Ada retornava da visita matinal, Otto geralmente estava lendo um romance policial na poltrona, louco de curiosidade. Largava o livro e pedia notícias do vizinho: ele conseguiu reconhecer a filha? Comeu direitinho ou jogou o prato no chão?

 Primeiro Ada se recusava a falar, pois o marido devia parar com aquela besteira e ir visitar o velho amigo, mesmo que este não o reconhecesse. Proferia um sermão sempre igual de que devemos estar ao lado das pessoas de quem gostamos e patati, patatá, ladainha que Otto esperava terminar para então fazer suas perguntas.

 "Ele se lembrou de alguma coisa que fez ontem?"

Ada suspirava.

"Não, eu já te falei que afetou a memória de curto prazo. Não tem jeito. Ontem a Mayu passou o dia cantando e recitando poemas, parece que ele até chorou, mas hoje não se lembra de nada."

"Puxa vida."

"Ah! Mas ele me falou de novo sobre a rendição do pelotinho, em 1978."

"É mesmo?"

"É."

Para mostrar que ainda estava brava, Ada virava as costas e ia ao banheiro, sem dizer mais nada.

Ao reconhecer seu antigo comandante, um pobre velho crivado de condecorações e cansado da viagem, o sargento Taniguchi saiu da trincheira, pôs-se em posição de sentido e exclamou, a plenos pulmões: "Sargento Taniguchi se apresentando para o serviço, senhor!"

O ex-major respondeu à continência, sem acreditar no que estava vendo. Declarou apenas: "Missão cumprida, sargento! Descansar", e foi assim que o sr. Taniguchi largou a guerra.

Segundo as novas informações de Ada, o ex-comandante não só deu as ordens para depor as armas como também leu um comunicado imperial, datado de 2 de setembro de 1945, numa voz empostada de quem havia acabado de saber da notícia:

"Venho, por meio deste ofício, proclamar a rendição incondicional e imediata do Honorável Exército Imperial Japonês e de todas as Forças Armadas nipônicas ou Forças Armadas sob o nosso comando, onde quer que estejam baseadas."

Ele fez uma pausa dramática. O sargento Taniguchi arregalou os olhos.

"Venho, por meio deste ofício, ordenar o povo japonês e as Forças Armadas, onde quer que estejam situadas, a cessar as hostilidades imediatamente, a fim de preservar e salvar nossos navios, artilharia aérea, instalações militares e blá-blá-blá..."

"Como?"

"Aqui ele dá uma enrolada, e vejamos... ah, sim: 'Venho, por meio desta, ordenar ao Exército Imperial Japonês que divulgue de imediato tais ordens a todos os comandantes das forças japonesas, onde quer que estejam baseadas, para que se rendam incondicionalmente a esses malditos branquelos.'"

"Ãhm?"

"Licença poética."

O sargento Taniguchi entregou seu fuzil ao comandante e, acatando as ordens do imperador, rendeu-se incondicionalmente aos malditos branquelos. Não sem antes fornecer um relatório completo de suas investidas militares no período: um saldo de cinquenta mortos, duzentos feridos, duas pontes destruídas, 25 festivais de Moriones aleatoriamente sabotados, cinco combates corpo a corpo com policiais filipinos, quinze plantações incendiadas e distribuição aleatória de terror e pânico pelas montanhas de Marinduque. (Ainda hoje há quem acredite na existência de demônios por lá.)

Na capital filipina, ladeado pelo comandante, Taniguchi entregou-se às Forças Armadas e disse estar pronto para enfrentar as consequências penais de seus atos. De forma cerimonial, depôs o fuzil, que lhe foi devolvido na mesma hora. Confrontadas com o insólito daquela guerra de um homem só, as autoridades locais ponderaram as circunstâncias e, com pena do transtornado Rambo nipônico, lhe ofereceram o perdão irrestrito. Afinal, seus crimes teriam sido perpetrados dentro de uma conduta aceitável das leis de guerra (*jus in bello*), ainda que só ele soubesse disso. (Os pescadores não aprovaram a decisão.)

Sua volta ao Japão causou estardalhaço. Milhares de pessoas foram recebê-lo no aeroporto e ele passou meses gozando de uma inesperada popularidade. Reencontrou velhos colegas, descobriu que possuía uma filha já adulta morando em Tóquio, visitou os memoriais às vítimas de Nagasaki e tentou se readaptar à vida do pós-guerra, passando por todas as fases do luto em relação à família e aos trinta anos perdidos de sua juventude. O rádio se referia a ele como o Homem do Passado, que viera diretamente da década de 40 para fazer uma visita. A televisão reprisava suas entrevistas sempre que faltava assunto.

Até pouco tempo atrás, jornalistas vinham procurá-lo com pedidos de depoimentos sobre o tempo que passara na selva. Pediam que mostrasse seu velho fuzil, ainda mantido à mão, dentro de um armário embutido, que vestisse a farda e explicasse como funcionava seu calendário. Durante trinta anos, Taniguchi manteve uma folhinha de precisão surpreendente, baseada nas fases da Lua e atrasada apenas dois dias do calendário verdadeiro. Foi perdendo a fama conforme surgiram outros assuntos, e caiu no esquecimento de si e dos outros.

(Mais tarde, o sr. Taniguchi teve a oportunidade de assistir ao filme *Retroceder nunca, render-se jamais*, de 1985, e declarou aos vizinhos, orgulhoso, que entendia aquele tal de Van Damme.)

* * *

De início, a doença degenerativa do sr. Taniguchi manifestou-se de forma tímida, como um soldado da resistência nipônica agindo silenciosamente em território inimigo. A filha Mayu foi quem percebeu o primeiro indício: um dia, o sr. Taniguchi mandou-a fechar a torneira porque estava entrando vento. Ele se referia à porta.

Mayu achou graça, e muitos meses se passaram até o segundo deslize. Eles jantavam quando o sr. Taniguchi olhou bem para ela e disse:

"Estou com algum problema e não sei o que é."

Enchendo o pai de perguntas, Mayu tentou sondar a natureza do incômodo, mas ele só conseguia repetir que estava com um problema, uma impressão esquisita, mas não sabia descrever o que era. Dor de cabeça? Não. Sono? Não. Pressão alta? Não. Era como um ruído de fundo que não causava dor, mas inquietava e de repente sumia. Só que o ruído não era um som, mas uma sensação. O sr. Taniguchi foi dormir mais cedo, um pouco atordoado.

No dia seguinte, mais um sintoma: Mayu estava prestes a sair e pediu a opinião do pai sobre um vestido.

"Esta roupa me deixa gorda?", perguntou.

"Não, fica ótima. Muito elegante."

"Estou em dúvida entre este vestido e o vermelho..."

"Então prova lá pra eu ver."

Quando Mayu entrou na sala com o vestido vermelho, o pai a recebeu com entusiasmo. Estava muito bonita.

"Mas o senhor prefere este ou o preto?"

"Tem outro?"

"Tem, mas acho que este vermelho é mais bonito, eu vou..."

"Então prova lá pra eu ver!"

Quando ela voltava com o preto, ele já se esquecera do vermelho. Isso poderia se repetir ao infinito, a menos que Mayu tirasse fotos com as duas roupas e as exibisse lado a lado, propiciando uma comparação imediata.

Naquela época, ela confidenciara ao vizinho os recentes lapsos do pai e lhe perguntara se havia motivos para preocupação. Ele deu um tapinha nas costas de Mayu e atribuiu os incidentes à idade avançada.

"Eu mesmo botei o telefone para lavar outro dia. Na pia, junto com os pratos sujos. E vivo me esquecendo onde deixei a chave."

Mais tarde, Otto se arrependeu de ter sido tão displicente, sobretudo quando os sintomas do amigo foram se agravando. De madrugada, o sr. Taniguchi começou a abrir a geladeira e ficar de pé diante dela, sem saber por que havia ido até lá. Às vezes Mayu precisava resgatá-lo e contar alguma história que o acalmasse. O ex-sargento também passou a esquecer os itens da lista do supermercado, que até então sabia de cor, e muitas vezes voltava para casa de mãos vazias ou com uma única lata de ervilhas. Confundia os dias da semana, os meses do ano, os nomes dos vizinhos. Um dia, Otto foi visitá-lo e ele o chamou de major Sugaye, batendo continência. Otto achou que o amigo estava brincando. Mas o sr. Taniguchi não conseguia mais combinar as roupas, às vezes era pego falando em japonês com a tevê ou cumprimentando a enceradeira, e certa vez disse que iria escrever para o irmão, morto havia mais de sessenta anos.

Feito uma bexiga que perdeu o nó, o sr. Taniguchi foi se esvaziando. Embora Nico tivesse orientado Mayu a procurar um médico, a filha pensou que aquilo logo passaria e foi postergando a consulta. O sr. Taniguchi emagreceu, perdeu o caminho para o banheiro e deixou de prestar atenção nas conversas. Não só esquecia onde colocara as chaves como não entendia mais para que serviam aqueles objetos. Às vezes era visto perambulando na rua e, certo dia, sumiu de casa. Mayu foi dar com o pai sentado no chão do quintal de Teresa, comendo a comida dos cachorros. Quando lhe perguntou o que estava fazendo, ele pareceu não saber.

Otto parou de visitá-lo. O sr. Taniguchi já não era um vizinho respeitável e cumpridor de seus deveres cívicos; pelo contrário, era um velho desnorteado que cuspia nos outros e falava coisas sem sentido. A bem da verdade, Otto tinha medo de terminar da mesma forma. Poucas semanas antes, encontrara um grampeador industrial dentro de um balde, junto com o material de jardinagem, na portinhola enferrujada do quintal dos fundos. Levou o objeto para dentro de casa e o encarou intensamente, tentando lembrar-se de quando o enfiara lá. Tentando lembrar-se, enfim, de sua existência. Otto nunca vira aquele grampeador na vida. Será que estava perdendo a memória? Nesse caso, quando tempo demoraria para Ada sumir de suas lembranças?

Ultimamente, vinha tendo pensamentos estranhos. Vislumbrava, de quando em quando, um soturno rapaz ruivo perambulando pela região, feito um fantasma. Sentia que alguma coisa naquele lugar não se encaixava, como nesses documentários de suspense que ele andava assistindo: vizinhos ansiosos, uma passadeira incompetente, um remédio que fortalecia os músculos, uma epidemia de baratas. Um grampeador desconhecido dentro de um balde. Sua mulher no centro de tudo. Pistas aleatórias sem que houvesse um narrador em off para uni--las numa história sangrenta de ocultação e morte, numa trama complexa em que todos os pontos enfim se juntavam e o espectador podia ir dormir aliviado. Era assim que o sr. Taniguchi devia se sentir, isolado em sua doença de um mundo ameaçador e sem sentido.

Dois anos se passaram desde o primeiro sintoma do sr. Taniguchi, quando, por fim, Mayu decidiu levá-lo ao médico. Confirmou-se o diagnóstico de Alzheimer e lhe foram prescritos alguns remédios, prontamente encomendados por Nico, ao mesmo tempo ávido e receoso de conhecer seus efeitos colaterais. A lista incluía o cloridrato de memantina, que causava rigidez do tônus muscular, e também a galantamina, o ácido fólico, o ácido alfalipoico e a acetilcarnitina em associação. Foi nessa época que o sr. Taniguchi deu para tomar banho de roupa, chapéu inclusive, e cuspiu em Mayu pela primeira vez.

A despeito das cápsulas multicoloridas de amplo espectro farmacológico, a doença do sr. Taniguchi foi evoluindo. Em meados do ano anterior, algo desencadeara uma piora significativa e hoje ele era praticamente intratável — irritava-se a toda hora, demonstrava sinais de egoísmo, obstinação e agressividade. Não aceitava a opinião dos outros e parecia frustrado com suas limitações. Para piorar, um dos remédios causava insônia. E outro o deixava forte demais. Mayu dizia a Ada que a doença do pai era uma longa despedida, e que às vezes se aproximava dele para perguntar: "Ei, pai, você pode sair daí?"

À maneira de Otto, o sr. Taniguchi passava os dias sentado numa poltrona com a manta no joelho. À maneira de Otto, tinha lampejos de lucidez — o militar quando via seu próprio retrato dos tempos de guerra, e Otto quando sentia o cheiro de couve-flor ou quando se recordava de alguma anedota do passado. Mayu dizia que o pai era prisioneiro dessas frações de segundo e só parecia existir de verdade nesses milésimos de tempo — cada vez mais escassos. Na maior parte do dia, ficava pedindo à filha que chamasse Kazuo para rascunharem os planos da exploração às cavernas de Bathala e o ataque a uma ponte qualquer. Ou então anunciava que os suprimentos estavam acabando e que seria preciso sair para caçar. À maneira de Otto, o sr. Taniguchi era um prisioneiro do tempo, embora soubesse de cor todos os poemas de Ki No Tsurayuki:

Flores da cerejeira,
que não conheceis a primavera,
que a partir deste ano
aprendais a esquecer para sempre
que um dia havereis de cair.

5. Tuco, Ananias e Mendonça

Pouco se sabe dos cachorros de Teresa, só que eram três e se chamavam Tuco, Ananias e Mendonça. Os vira-latas haviam se instalado no quintal da moça em algum momento de suas sarnentas vidas e ali ficaram, cuidando de suas coisas e escapando de quando em quando para assuntar com os transeuntes.

Quase não latiam, embora fossem insuportavelmente barulhentos. É que passavam as tardes derrubando vasos no quintal, destroçando arbustos, metendo-se em brigas, caçando sabiás, arquitetando fugas espetaculares e provocando pequenos focos de incêndio. Teresa não ouvia nada, pois de manhã dormia feito uma couve e passava o resto do dia (e da noite) trabalhando em sua máquina de escrever.

Aos 42 anos de idade, mas com um corpo de menina, Teresa possuía um emprego fixo como datilógrafa de um grande escritório de advocacia. Trabalhava em casa e por isso não se preocupava em vestir-se bem, pentear os cabelos, calçar sapatos — estava sempre com os joelhos sujos de tirar um cão preso debaixo de um móvel ou de esfregar o chão do banheiro. Vivia com moletons largos, pelos por toda a roupa e o cabelo preso num bolo desordenado. Ainda que já tivesse uma certa idade e fosse desleixada, era bonita e magra, motivo pelo qual o assistente de farmácia fazia questão de se enganar na entrega dos remédios, só para ter de ir duas ou três vezes na mesma casa, à direita da casa amarela.

Teresa cuidava da transcrição de documentos em idiomas estrangeiros, passando a limpo formulários redigidos em francês, inglês, espanhol, holandês, sueco e búlgaro, entre outros, que ainda precisavam ser feitos à máquina com uma cópia em papel carbono. Sua máquina de escrever era uma Corona de 1937 com um defeito na tecla "n", que engasgava e fazia um barulho metálico ao ser pressionada. Assim, acompanhando a frequência dessa consoante e efetuando um cálculo simples de porcentagem com relação ao corpo do texto, Otto intuía quando o serviço era em alemão, dinamarquês ou finlandês, línguas com grande profusão de enes. Isso quando ele conseguia se concentrar, pois na maior parte do tempo o tectectectec se misturava à balbúrdia dos cães vandalizando uma porta de vidro, e era impossível contabilizar as letras ene a contento. Teresa não sabia falar nenhum idioma além do seu, mas possuía uma memória visual prodigiosa e acabava decorando palavras complexas como *Schildkröte* (em alemão: tartaruga, ou sapo com escudo) como se fossem desenhos de copiar. Mesmo não sabendo do que se tratava o texto, seu índice de falibilidade era de 0,16% e ela atingia velocidades alucinantes de 821 toques por minuto, quase o mesmo que a tcheca Helena Matouskova, detentora do recorde mundial na categoria dez dedos.

Teresa não era a única recordista da casa. Dos cães residentes, Tuco detinha o recorde de mastigação em tecidos, com um rendimento anual de duas cortinas, cinco tapetes e uma pantufa atoalhada. Era também o mais novo da turma, com 9 anos de idade, e o mais efusivo.

O problema é que Tuco achava que era um pequeno camundongo. Ou, no mínimo, um gato — e não qualquer gato, mas um felino de madame, um elegante siamês, um comedido *chartreux*, um filhote de gato persa ou sabe-se lá o que se passava na cabeça daquele gigantesco bóxer de 35 quilos e 100 quilos de mordedura. Tuco não avançava em ninguém, mas procurava demonstrar afeto de uma maneira pouco ortodoxa: arremessava-se ao objeto de sua predileção como se tentasse abraçá-lo, cravando suas garras e saltando com ânimo. Quanto mais querida a pessoa, mais veemência no encontro e mais dolorosas as escoriações.

Os preferidos de Tuco eram Nico, Mayu e o carteiro. Era só ouvir a campainha que o cão entrava em estado de alerta, levantando-se pesadamente por etapas. É possível que pedisse ajuda ao velho Mendonça, um bóxer encardido de 17 anos que era o cérebro da equipe, e juntos arquitetassem uma fuga breve com vistas a cumprimentar o farmacêutico ou quem quer que estivesse à porta, e depois retornar a tempo da janta.

Deixando de lado a máquina de escrever, Teresa se erguia para abrir a porta e, naquele momento, era comum ouvir um estrondo. À custa de certa destruição, Tuco encontrara uma rota de fuga e ganhara a rua, absolutamente eufórico, entrando em colisão direta com o pobre Nico, que nada podia fazer senão largar o pacote de remédios e sair correndo, mãos para o alto, gritando: "Pare o cão! Salve-se quem puder."

Da janela, Otto via o mesmo filme várias vezes: Teresa soltava um grito de pavor e tentava conter a ternura sangrenta de seu cão, antes que fosse tarde demais. Para

Tuco, era sempre tarde demais. Àquela altura, o desgovernado canino derrubara a vítima no chão e a enchia de lambidas carinhosas, esfolando-a e esmagando-a furiosamente. "Larga, Tuco! Larga", a dona gritava, enquanto o cão desferia patadas em Nico e ela tentava impedir a fuga dos outros dois.

Pela lateral da casa, disparava mundo afora o violento Ananias (cruzamento de beagle com diabo-da-tasmânia, 11 anos de idade, grande comedor de baratas) em franca tramoia com o vetusto Mendonça, que se postava em frente ao portão, dando cobertura ao comparsa. Mendonça não conseguia ir muito longe e, por isso, cedia sua oportunidade para os mais jovens — ainda que Tuco já sofresse de problemas no trato digestivo e Ananias se queixasse de uma progressiva cegueira no olho direito, estando ambos muito distantes do viço e robustez da juventude.

Que Nico se desvencilhasse sozinho do cão que lhe cabia, pois a fuga de Ananias era mais preocupante do que os hematomas causados no farmacêutico. Ao contrário dos outros dois, Ananias mordia. E era atrás dele que Teresa corria, descalça, a fim de evitar que avançasse nas crianças das outras ruas ou nos hidrantes, provocando danos irreversíveis na própria mandíbula — quando os objetos se encontravam do seu lado direito, móveis ou imóveis, Ananias não conseguia distingui-los tão bem e avançava no que quer que fosse. Incluindo lixeiras, floreiras, postes e pequenas estruturas de ferro.

Naquela manhã, a fuga canina ganhou contornos especiais: em vez de sair nocauteando e sufocando os vizinhos com seu amor excessivo, Tuco disparou em direção ao jardim de Otto. Atrás dele veio Ananias, trazendo destroços de lixo na boca e algo que um dia deve ter sido um inocente sabiá. Nem sinal de Mendonça, é claro, que ficara para trás a fim de servir de isca e dar vantagem aos comparsas. Distraído de seus pensamentos, Otto deu um salto e foi ver se era Ada chegando (não era). Afastou a cortina e viu os dois cães cavando, cheirando e destroçando as tulipas, babando de alegria, em meio a uma nuvem de poeira e raízes. Ao fundo, Teresa tentava argumentar com Mendonça, que procurava distraí-la com os mais variados truques arfantes.

Otto não se importava com as tulipas, o jardim e a sujeira, mas o barulho o irritava. Aliás, até preferia que as tulipas fossem arrancadas para sempre, pois seria uma lembrança a menos com que se preocupar. Em todo caso, antes que pudesse abrir a porta para espantar os cachorros, viu Teresa em desabalada carreira e Nico atrás dela, agitando os braços e pedindo reforços. O dono da farmácia também estava a caminho, assim como o marido de Mariana, Mayu e alguns populares. Havia até um forasteiro no grupo, um rapaz branquelo com um moletom de capuz. "O fantasma! É o fantasma", pensou o velho. Agruparam-se diante da casa de Otto — que, a essa altura, espiava escondido por trás da cortina —, todos empenhados em espantar os cães demoníacos e recolocar as tulipas esmagadas no lugar. Pareciam genuinamente preocupados. Teresa pegou Ananias no colo e Nico ficou encarregado de Tuco, enquanto o resto dos presentes compactava a terra com os pés e tentava distinguir se Otto estava acordado. Iolanda saiu à porta e perguntou qual era o problema.

Ananias estava coberto de terra e parecia feliz. Já Tuco desistira de cavar e se lançara enfaticamente em direção a Nico, tentando cobrir com uma só lambida toda a extensão de seu tronco e cabeça. Este protegia apenas o rosto, rendendo-se à própria sorte. Iolanda tornara a entrar com um ar pensativo, e pouco depois saiu de casa com a mão cheia de frascos com líquidos coloridos. Pediu que Teresa se afastasse com o cão Ananias, recomendou que Nico rolasse para o outro lado da calçada com Tuco acoplado e despejou no chão algumas gotas, salpicando a terra com algo poeirento e murmurando mantras hindus para afastar coisas ruins. Deu três voltas no jardim, rezou, aproveitou pra arrancar umas ervas daninhas.

Otto não deu a menor pelota para aquele ritual excêntrico de proteção e ressurreição de tulipas, e, deixando o esconderijo, abriu a porta. O rapaz de capuz já não estava mais lá. Tuco parou de lamber e Teresa deixou escapar Ananias, que disparou até o fim da rua.

Otto se lembrava muito bem da única noite em que dormiu doze horas seguidas, desde o momento em que apagou a luz até o instante em que Ada veio despertá-lo, a cabeça girando de pesadelos, ele pensando que já fosse o verão seguinte. Foi na primavera anterior, quando as tulipas ainda não estavam do tamanho de bifes. A noite fora longa e conturbada, repleta de sonhos vívidos de fantasmas passeando pelos corredores e vozes indistintas se sobrepondo a latidos de chihuahuas. Ele se lembra de ter lido na poltrona da sala um romance policial até o fim — era um com escandinavos loucos e crimes hediondos no interior da Noruega —, tomado chá de alface e ido deitar. Ainda experimentava a bebida de vez em quando, na esperança de um dia sentir o efeito. Na cama, ligou o abajur e engatou a leitura de um conto sobre um psicopata que certo dia matou dois coelhinhos por engano.

O detalhe dos coelhinhos foi a gota d'água, e ele se pegou chorando de soluçar. Fechou o livro e pensou em chamar Ada, que assistia na sala a um programa sobre múmias, mas sentiu o corpo pesar como nunca. Em geral, Otto levava uma hora para pegar no sono. Quando cansado, demorava ainda mais para dormir, talvez porque a exaustão se misturasse à ansiedade de querer descansar sem demora, elevando seu tempo médio de latência para quase duas horas.

Naquela noite, Otto mal teve tempo de desligar o abajur e caiu num sono de legume, denso e confuso, com quinze tipos diferentes de pesadelos. Sonhara, por exemplo, que estava numa cidade deserta tentando telefonar para a esposa, mas errava os números. Ele tentava de novo e errava outra vez; era como se o número tivesse 35 dígitos e uma hesitação ou engano botasse tudo a perder. Os botões do aparelho eram aqueles duros que você tinha de apertar com força — aí às vezes o dígito aparecia duas vezes e Otto tinha que começar toda a sequência de novo. Depois, sentira vontade de gritar, gritar e gritar — a essa altura, sabia que era só um sonho e que precisava do auxílio de Ada para acordar —, mas de sua boca não saía som. Em geral, Ada estava ali, deitada, sem suspeitar que o marido estivesse em apuros. Sonhara também com uma trupe de dentistas malévolos dentro de uma Kombi estacionada em frente à casa amarela. Ele fechava as portas e as janelas para impedir a entrada dos malfeitores, mas Ada ia atrás dele abrindo as trancas, e foi assim que os personagens invadiram o local.

No pesadelo mais impressionante da noite, Otto tentava fugir de múmias que queriam comer seus miolos, quando percebia subitamente que estava dormindo. Mais uma vez, não conseguia gritar para pedir ajuda à esposa, então decidia relaxar e aproveitar o pesadelo. Sabendo que não era real, ficava mais fácil bater os braços e voar feito um pirocóptero — era o que ele fazia, alçando voo e conseguindo manter-se numa altitude fora do alcance das múmias. Às vezes era exaustivo conservar-se no ar, mas ainda assim ele não caíra nenhuma vez.

Do alto, enquanto voava, viu a esposa cavando uma sepultura no jardim, no lugar exato onde posteriormente foram fuçar os cães de Teresa. A terra era dura e ela bufava, exausta, suja e nervosa. Os vizinhos arrastaram pela rua um saco pesado com um cadáver dentro. Chegando ao jardim, rolaram o saco até encaixá-lo no buraco. O embrulho se abriu ao atingir o chão: em vez de um cadáver, eram coelhinhos. Assustado, Otto voou para longe.

Era quase hora do almoço quando Ada foi acordá-lo, com um semblante anêmico, perguntando se estava tudo bem.

"Já são onze horas? Santo Deus. Parece que estou dormindo desde fevereiro", Otto respondeu, ainda sonolento. "Estou cansado, quebrado, com dor de cabeça. Eu gritei alguma coisa?"

"Oi?"

"Dormindo. Eu cheguei a falar algo? Gritei? Levantei? Parece que passei a madrugada inteira dançando a jiga."

"Não, nada. Dormiu pra burro, que nem uma pedra."

"Tive um monte de pesadelos. Uma Kombi lá no portão cheia de dentistas, gente cavando uma sepultura no jardim e você abrindo as portas e as janelas que eu tinha acabado de trancar... Por que é que você abriu as portas e as janelas que eu tinha acabado de trancar? Você sempre faz isso."

Ainda assim, Otto não chegou a considerar que essa noite pudesse ser uma pista, um episódio suspeito, embora o ocorrido lhe viesse à mente de quando em quando. Nunca havia dormido tão pesadamente, nunca havia tido sonhos tão vívidos. Por que a esposa não o acordara antes?

Mais tarde, na fila da padaria, Nico informou que esses sonhos em que se sabe que está sonhando, parcialmente controláveis, são chamados de sonhos lúcidos. Por coincidência, ele e o carteiro adoravam conduzir experimentos científicos nessa área — ao que tudo indicava, ambos passavam o dia fazendo *reality checks*, ou checagem da realidade, olhando para as próprias mãos (para ver se possuíam cinco dedos, se eram proporcionais e reagiam normalmente aos estímulos) e perguntando-se como chegaram até ali. "Aumentando a consciência do que é real, é mais fácil aumentar a consciência do que não é real, assumindo controle sobre os sonhos", explicou o farmacêutico. "Alguns remédios facilitam esse processo de lucidez, como a fluoxetina, o citalopram, o zolpidem, mas a gente gosta mesmo é de tentar a seco. O zolpidem é muito bom para isso, aliás."

A bem da verdade, o carteiro nunca conseguira controlar seus sonhos, mas gostava de passar o dia checando se estava dormindo ou acordado. Caminhava olhando para as mãos, na esperança de que estivesse com seis dedos ou cinco cotocos azuis — mas só o que conseguia era ver que precisava cortar as unhas. Entre uma correspondência e outra, tampava o nariz e tentava continuar respirando. Acendia e apagava interruptores, na esperança de que algum dia eles não respondessem de forma racional — nos sonhos, é comum que pisquem ininterruptamente ou demorem para acender. Dormindo também não é possível decifrar letras simples, que se embaralham à vista. Nico pedia que o amigo não desistisse e tentava ler tudo o que podia sobre os diferentes métodos usados pelos onironautas para explorar seus sonhos. Ele mesmo já conseguia ter sonhos lúcidos — os de que mais gostava tinham a ver com espelhos.

Nico olhava para um espelho e via o rosto de um sujeito comprido e ruivo, rindo da cara dele. Antes de entrar em desespero, pensava: "Como é que vim parar aqui?", e a resposta era sempre uma incógnita.

"Os dois melhores métodos de checagem são os do espelho e do tempo linear", explicou a Ada, numa conversa acerca da turbulência onírica do marido. "É a deixa para fazer o que diabos eu bem entender, e geralmente isso envolve chegar perto de moças desconhecidas e, sem uma palavra, mordê-las bem aqui no pescoço."

"Certo", disse ela. "Se um dia eu te pegar mordendo uma completa estranha, pode deixar que eu explico."

Nico adorava ter sonhos lúcidos, ainda que fossem raros. Teresa às vezes estava neles, e então as cenas eram inenarráveis.

"Eu consigo rebobinar os sonhos, sabe? Quando não gosto de alguma cena, de algo que eu fiz ou falei nos últimos frames, é só voltar e fazer de novo. Como um teatrinho. Uma vez falei para a Teresa: 'Não, isso aqui está muito chato. Vamos refazer?', e ela concordou plenamente. A segunda tomada ficou ótima, realmente antológica. Coisa de filme. Um dia troquei sem querer a Teresa pela senhora, e foi esquisito."

Ada se interessou pela história de controlar os sonhos. Ficou de ler mais sobre o assunto e gravar alguma coisa no Canal Científico, mas Otto achava aquilo impossível ou francamente idiota. Afora aquela noite, nunca havia tido sonhos lúcidos. Também nunca havia dormido tanto e tão rápido, e concluiu que devia ser alguma coisa com o chá de alface.

Saindo à porta, Otto não quis nem perguntar o motivo de tanta confusão. Arrastou os chinelos até o jardim, viu o estado de suas tulipas, olhou feio para Tuco e perguntou se alguém ali podia ajudá-lo a trocar uma lâmpada. Sentindo-se culpada, Teresa prontificou-se. Pediu que Nico levasse os cães de volta enquanto ajudava o sr. Otto. Teresa era alta e certamente não encontraria dificuldade.

"A gente vai arrumar o jardim do senhor, viu? Os cachorros estão velhinhos e já não enxergam direito... E pode deixar que eu trago mais umas mudinhas que nem no ano passado."

Otto não respondeu e pediu que entrasse.

"Adoro esse carpete", continuou, procurando ser simpática. A sala de Otto era forrada por um tapete marrom permanentemente encardido, que fazia todo mundo espirrar. "Deve ser gostoso andar descalço aqui dentro, principalmente no inverno, e mesmo sentar no chão não deve ser tão desconfortável, embora eu não consiga imaginar muitas razões para o senhor querer se sentar no chão, é claro, em vez de usar essa poltrona excelente. Lá em casa tive que arrancar os carpetes por causa dos cachorros, eles viviam fazendo xixi e deixavam umas manchas enormes e amarelas. Aí eu tinha que comprar um móvel pra botar em cima e esconder a mancha, e logo a sala estava atulhada de móveis e o ar tinha gosto de biblioteca, era pelo e poeira por toda parte, e eu ia trombando nas mesas e mesinhas e gaveteiros, até que me enchi de tudo e mandei arrancarem o carpete. Hoje a casa é meio fria, sabe, os cachorros escorregam nos tapetes, e além do mais o senhor deve ouvir a máquina de escrever... Esses pisos ampliam o som, fazem um eco danado, ainda que eu tente datilografar no quarto dos fundos para não incomodar os vizinhos. Mas enfim, o cheiro melhorou e eu estou com a sala mais livre, o que é excelente."

Otto bateu a porta com um estrondo e cerrou as cortinas.

"O que foi?", perguntou a visitante, ligeiramente confusa. "Então... é a lâmpada do quarto?", arriscou.

"É. A do quarto", ele apontou, enquanto Teresa se dirigia ao aposento. Mas Otto a deteve: "Você vai me contar o que está havendo ou eu vou ter que descobrir sozinho?"

"Do que o senhor está falando?"

"Da minha mulher."

"O que tem ela?"

"Como, o que tem ela?"

Teresa testou o interruptor, sem sucesso. Um arrepio lhe percorreu a espinha: será que Otto estava ficando igual ao sr. Taniguchi? Nesse caso, o que seria capaz de fazer com ela?

Segunda hipótese: ele sabia de algo.

"O senhor está bem?", indagou com uma voz bondosa.

O velho continuou em silêncio, braços cruzados.

"Vocês guardam a escada no quintal de trás, não?", ela arriscou, arrependendo-se imediatamente do plural. "Quer dizer, da última vez que vim, parece que os materiais de limpeza e de jardinagem ficavam ali no... naquela... na portinhola enferrujada..."

Ainda desconfiado, Otto dirigiu-se ao quintal dos fundos, onde efetivamente guardava as ferramentas. Teresa foi atrás, morrendo de vergonha e oferecendo-se para apanhar a escada, "o senhor, com essas suas costas, não pode forçar tanto, sempre que precisar pode me chamar, estou logo aqui do lado, viu?". Ele continuava quieto.

"A gente sabe como essas coisas são duras. Eu mesma perdi minha mãe aos 25 e foi horrível, mas o senhor pode contar com os vizinhos. A Ada me disse uma vez que era pra gente cuidar do senhor, caso ela... Você sabe... A gente gosta muito do senhor."

Otto apanhou a escada e pediu licença para passar.

"Deixa que eu...", ela arriscou, mas logo desistiu.

Enquanto ele ia carregando a escada, Teresa pensou em formas de testar a sanidade de Otto. Mas não houve tempo. O velho estendeu a lâmpada nova para Teresa. Enquanto ela subia, disparou:

"Então. Eu sei que a Ada estava escondendo alguma coisa."

A vizinha bambeou do terceiro degrau.

"Do que o senhor está falando?"

"Do cara ruivo. O fantasma. O ruivo de capuz que está rondando a vizinhança."

Ela fingiu que não prestou atenção, distraída em rosquear a nova lâmpada. Desceu da escada em silêncio e dirigiu-se ao interruptor. Nada.

"Acho que não enrosquei direito", lamentou, tornando a subir.

"Tem um ruivo na cidade", o velho prosseguiu. "Ele vem de vez em quando, e estava aqui agora há pouco olhando para o meu quintal, com um moletom preto de capuz. Quem é esse cara?"

"Senhor Otto...", ela arriscou, mas ele a interrompeu.

"Estava parado do outro lado da rua, com as mãos nos bolsos. Não é a primeira vez que o vejo."

"Senhor Otto, não tinha nenhum ruivo lá fora."

"Ele veio aqui uma vez, faz um tempo. Eu estava cochilando."

"Olha, a única pessoa de fora que estava aqui hoje", respondeu Teresa, tentando fingir indiferença, "era o primo da Mariana. Mas ele não é ruivo, é moreno e estuda economia".

Otto não disse mais nada e ela executou a operação de novo em silêncio. Desceu da escada, acionou o interruptor. Nada.

"O senhor tem palha de aço?", perguntou. "De repente a gente pode passar no contato da lâmpada e ver se..."

Olhou pra trás e Otto não estava mais lá. Tentou chamá-lo, mas ele estava na sala, entretido com uma gaveta. Teresa dirigiu-se à cozinha e apanhou um naco de palha de aço no armário de cima, já acostumada com a milenar disposição dos objetos da casa.

Ela ouviu barulhos na sala enquanto retornava com o material. Desligou os disjuntores, subiu a escada novamente, desenroscou a lâmpada, esfregou palha de aço e tornou a instalá-la. Quando foi descer para testar novamente o interruptor, o velho adiantou-se. Desta vez, a luz acendeu. Ela pareceu aliviada.

"Bom, é isso. Vou só ajudar o senhor a botar a escada de volta e tenho que..."

Sem dizer nenhuma palavra, o velho depositou sobre a cama um enorme grampeador. Então endoidara de vez, pensou Teresa, examinando possíveis rotas de fuga. Como a vizinha ficara em silêncio e parecia assustada, Otto apanhou o objeto e deu um passo em sua direção. Teresa se protegeu com as mãos, recuando. "Sou eu. A Teresa", balbuciou.

Otto fez uma cara de quem não entendeu e lhe entregou o objeto, explicando que devia ser de alguém da vizinhança. Dele não era, certamente. Encontrara o grampeador dentro de um balde, mas não estava ficando maluco. Era preciso devolvê-lo.

"Não é meu", disse Teresa, um tanto envergonhada. "Acho que é da igreja, o pessoal usa nas quermesses."

"Ah. Desculpe."

"Em todo caso", exclamou a vizinha, tomando coragem, "não tem nenhum ruivo rondando a cidade. E nem havia ninguém de moletom de capuz hoje na rua. Acho que o senhor devia conversar com o Nico, talvez pedir uns calmantes."

"Ele veio um dia à tarde, durante o meu cochilo. Quando acordei, a Ada estava na porta conversando com ele. Despachou-o às pressas e disse que era um sujeito querendo vender planos de saúde ou algo assim." Vagarosamente, Otto fechou a escada de metal e fez menção de levá-la de volta ao quintal. Teresa antecipou-se e ele continuou a falar, seguindo a vizinha: "Pouco antes do Natal, lá estava o ruivo de novo, desta vez saindo da delegacia. E hoje de novo. Sabe, eu não acho que seja um vendedor de nada..."

Teresa depositou a escada no cubículo, fechou a porta e encaminhou-se de volta à sala.

"Eu acho inclusive", continuou o velho, "que você sabe do que eu estou falando. Sabe quem é o ruivo."

"Senhor Otto, não sei do que o senhor está falando e preciso ver se o Tuco está bem. Se precisar de qualquer coisa, me chame."

"Não estou ficando doido", ele ainda pôde dizer, meio que para si mesmo.

Saindo pela porta da casa amarela, ela soltou um suspiro e venceu o muro baixo que separava seu quintal do jardim do vizinho.

Enquanto Teresa estava fora, Ananias mascou boa parte do sofá. Mendonça entupiu-se de estopa e estava caído no chão, com azia, pois sua dieta habitual incluía chinelos de borracha, e não espuma, que por vezes pode ser reconhecidamente indigesta. Tentara até engolir um zíper da capa de tecido do sofá, mas não lograra êxito. Já não estava em sua velha forma.

 A porta do quartinho dos fundos estava aberta e um tanto roída por Tuco, que agora conseguira abocanhar a pilha de documentos em alemão de Teresa. Quando ela entrou, o bóxer estava em plena atividade, destroçando preciosos formulários que demorariam meses para ser refeitos, quem sabe ocasionando sua demissão, mas não foi isso que a preocupou. Exausta, Teresa sentou-se na cadeira de rodinhas, pegou Tuco no colo e, em meio a lambidas na orelha e nos cabelos, teve vontade de chorar.

 Já não sabia mais se o que fizeram era justificável. E nem se valia todo aquele sofrimento, as ameaças, a dor, a culpa e o passamento de belas tulipas.

 Tuco achava que não valia.

Naquela tarde, Otto preparou uma xícara de chá de alface para ver se conseguia descansar. Estava nervoso, preocupado e paranoico. Tinha a nítida sensação de que todos os vizinhos se uniam contra ele, arquitetando uma mirabolante conspiração. Talvez fosse exatamente como o sr. Taniguchi se sentia em seus delírios persecutórios. Talvez perder a razão fosse isso aí. Em cerca de dez minutos, caiu num pesado cochilo e teve uma porção de sonhos estranhos — num deles, Ada ainda estava viva e plantava agriões. Ela parecia muito mais jovem e usava um chapéu engraçado, além do vestido branco com flores vermelhas do baile em que se conheceram. Ele tentou se aproximar, mas Iolanda apareceu com um álbum enorme de fotografias e alguma coisa pesada caiu do céu — um grampeador industrial, talvez, algo que tinham usado para ajeitar as bandeirolas e fantasias da última festa junina. Um grampeador sujo de terra.

Então a vizinha virou um homem ruivo, inchou e subiu aos céus, e Ada estava na sala, sentada no chão com os olhos um tanto esverdeados. Era verão e provavelmente de manhã, mas havia estrelas no céu. Checagem de realidade: Otto olhou para as mãos, e elas possuíam três dedos compridos feito cenouras.

"Sei que não estamos aqui, juntos, mas queria que você soubesse que eu te amo", ele disse, segurando a mão da esposa. Se era tudo um sonho, então o melhor era aproveitá-lo.

E ela, incrivelmente segura de que aquilo não era mesmo real: "Eu sei." E sorriu.

6. Os recém-casados

Na noite anterior, Mariana bateu iogurte às duas da manhã, depois guardou o copo do liquidificador na geladeira e foi direto pra cama. Otto sabia disso porque estava insone àquela hora, porque ouviu o aparelho triturando a polpa de fruta congelada e porque iogurte batido com morango e açúcar era a bebida favorita de Mariana quando o marido estava fora.

Os recém-casados se mudaram para a vizinhança em busca de sossego. Ela vinha de uma família rica e morava num sobrado de cinco quartos na capital, onde se formara em antropologia e passara a se dedicar à pesquisa acadêmica. Ganhava uma bolsa de estudos miserável e era sustentada pela família, até o dia em que decidiu se casar. O novo marido trabalhava como engenheiro especialista em hidrelétricas e se apaixonou sem demora pela jovem alta, de hábitos refinados e hesitante quanto à própria carreira. Conheceram-se numa festa na capital e namoraram por pouco tempo, até que Mariana decidiu largar o mestrado.

Aos 24 anos de idade, não gostava do clima da universidade com suas disputas internas pelo poder, egos inflados e gente que passava a perna nos outros, tampouco era fã das normas obrigatórias para a confecção de monografias, às quais nunca se acostumou. Gostava de ler sobre povos com travesseiro e povos sem travesseiro, povos que ficam de cócoras e povos que não sabem cuspir.

Odiava os pais e achou interessante a ideia de mudar-se para longe. Quando o noivo falou de uma cidadezinha de poucas ruas sinuosas onde tudo era pitoresco e havia casas coloridas, quase em cima umas das outras, ela pensou em Lévi-Strauss e nos índios nhambiquara, nos grandes exploradores e antropólogos do passado, e topou comprar um imóvel na rua de cima da casa amarela.

Depois de casada, continuou a interessar-se por antropologia, mas já não trabalhava com isso e passava a tarde lendo o que mais gostava, abandonando leituras e substituindo-as por outras de seu agrado. O marido viajava muito e, com o tempo, ela acostumou-se a passar longos períodos sozinha, com um livro no colo, parando apenas para ir jantar na casa de Teresa e executar tarefas domésticas — que eram poucas, já que eles não tinham filhos.

Moravam juntos havia menos de um ano. Nos raros períodos em que ele estava em casa, Mariana tentava convencê-lo a assistir pela décima vez seu filme preferido: *Nanook, o esquimó*, que contava as desventuras de uma família inuíte no começo do século. Sentindo-se culpado pelas longas ausências, o marido cedia, mas acabava caindo no sono. Mariana fingia não notar, porém às vezes ficava brava e o acordava de propósito em sua parte preferida: "Nyla mastiga as botas de Nanook para ficarem macias." Teresa também teve de assistir ao filme algumas vezes, enquanto costurava ou fazia algum trabalho manual. Tinha pena da jovem vizinha, sempre solitária e sem rumo, mas tampouco lograva manter-se acordada durante as sessões. A única que conseguia acompanhar o documentário com a mesma concentração de sempre era Mariana, que chorava de mansinho na parte em que o esquimó se encanta por um gramofone. "Ah, esse Nanook", ela comentava, achando-se íntima do herói. Nanook dava uma conferida embaixo e atrás do aparelho, olhava para a câmera e abria um sorriso. "Olha só que figura", repetia.

Ao mudar-se para a região, Mariana julgou que ficaria mais tranquila para ler e tocar suas pesquisas independentes. Não podia prever que seria justamente o contrário — envolvida nas questões da vizinhança, mal tinha tempo de estudar. Ainda assim, não tinha ninguém com quem conversar a sério sobre suas dúvidas acadêmicas, ninguém com quem compartilhar de verdade sua paixão pelos rituais de dádiva dos aborígines australianos. Sozinha, Mariana às vezes convidava o primo para almoçar e pedia que lhe contasse sobre suas matérias na universidade. Ele vinha com uma sacola de livros, falava alto e botava os pés na mesinha de centro. O marido não gostava da ideia.

Naquela madrugada, em vez de ler, a moça passou um tempo enorme ajudando Teresa com a dedetização.

Haviam decidido que o ninho de baratas se encontrava na cozinha, debaixo da pia, onde havia uma porção de vãos livres. Mariana ofereceu-se para borrifar veneno nos espaços e passar algumas horas sentada no chão, vendo se saíam filhotes de lá. Contavam ambas com a ajuda de Ananias, grande comedor de baratas, a postos na entrada da cozinha. Enquanto esperavam, engataram uma conversa sobre Marcel Mauss e as coisas da vida — só não podiam tocar num assunto, que era justamente o que ocupava a cabeça de ambas naquela noite, e nas anteriores também: o incidente.

Desde o início, a antropóloga foi contra. Não sabia detalhes, mas intuía que algo estava errado. Por algum tempo, pensou em se mudar. Mas sua indignação não era tão grande. Os dias foram passando, as semanas e os meses, o vento mudou, e Mariana foi ficando. Afastou-se de Teresa por um tempo, a fim de evitar discussões. Com a crise das baratas, voltou a frequentar a casa da vizinha, com uma condição: não tocariam no assunto. Nada sobre o incidente.

Por isso não adiantou que Otto escutasse com atenção a conversa entre as duas, debruçando-se na janela e esgueirando-se no quintal. Achou que ouviria alguma menção ao fantasma ruivo, mas só o que teve foi uma aula de antropologia e comentários vagos sobre baratas, entrecortados pelo latido dos chihuahuas neurastênicos de Iolanda e pelos espirros de Mendonça, que andava constipado.

Ainda hoje, deitado, Otto às vezes ouvia Ada respirando no travesseiro ao lado. Escutava nitidamente e tentava não se mexer para não quebrar o encanto. Se ficasse muito quieto ela talvez voltasse, pensava, e em algumas noites julgava ouvi-la dizer: "Otto?", ou sentia a esposa se mexer, procurando uma posição melhor. Ele ainda tinha o costume de dormir todo encolhido, não só para lhe dar mais espaço como para evitar possíveis cotoveladas: "Durante o dia a gente se adora, mas à noite é uma guerra", ele costumava comentar, exausto de ter passado a madrugada lutando contra a esposa.

Ela puxava as cobertas, enrolava-se nos lençóis e tomava o travesseiro de Otto, que às vezes acordava no chão. O sono de Ada era tão pesado que ele podia desenroscá-la da roupa de cama e rolá-la de volta — ela nem se dava conta. No máximo, uns resmungos. "Ada, vai mais pra lá?", ele pedia, e em geral não havia reação. Restava partir para a força bruta, empurrando-a com cuidado para que não caísse no chão do outro lado da cama — isso já acontecera uma vez. Ada não se lembrava.

"Sério? Sério mesmo?"

"É. Eu fiquei com raiva porque você estava praticamente em cima de mim, com os braços abertos, e pedi que fosse mais para o canto. Você não ouviu. Aí te empurrei com força e você caiu", contou Otto.

Às vezes, nas noites de calor, ele acordava suado e pedia que Ada se levantasse para ajudar a trocar os lençóis — ela quase nunca respondia. Uma vez, Ada ergueu-se no automático e ficou dormindo em pé, encostada na parede. Quando Otto terminou de trocar a roupa de cama, teve que direcioná-la para perto do móvel, onde a esposa desabou e deu prosseguimento imediato a seus sonhos.

Certa manhã, Otto acordou com a perna cheia de manchas roxas. Desconfiava que as cotoveladas e os chutes da mulher eram reflexos de alguma raiva acumulada durante o dia, e por isso não se furtava em acotovelá-la de volta, irritado pela interrupção de seu sono. "À noite é uma guerra", ele repetia. *Jus in bello.* Era normal que ela executasse algum movimento brusco justamente quando ele estava prestes a dormir, ou desse súbitas gargalhadas sem motivo, por conta de algum sonho engraçado. Por isso ele ficava com ódio. A noite sempre foi complicada na casa amarela.

E piorou ainda mais quando sua principal residente se foi — hoje é comum que Otto acorde chorando sem perceber, lembrando de súbito o dia em que se casaram e fugiram pelos fundos da igreja, escapando abertamente dos convidados. Ada estava com um vestido simples de renda, quebrou o salto do sapato e desceu a ladeira descalça, com o sol batendo em todas as suas dobrinhas. Eles fugiram de ônibus e ninguém podia imaginar que haviam acabado de se casar. "Os convidados devem estar esperando até hoje", pensou Otto, imaginando múmias de gravatas-borboleta diante da capela pintada de azul-claro.

A fuga contou com a ajuda do padre e de um coroinha muito jovem, que os acompanhou na descida e lhes deu um trocado para pegarem o ônibus. Foram tagarelando até chegar à casa amarela.

O dia do casamento foi divertido, mas Ada não precisava ter caído no sono na noite de núpcias, enquanto ele escovava os dentes.

"Olha! Você consegue ficar de cócoras", comentou Mariana, sentada no chão de azulejos da cozinha, após um longo período de silêncio. Haviam metido nos vãos uma lata inteira de vapor tóxico e agora esperavam os filhotes saírem.

"É, mas não por muito tempo", respondeu Teresa.

Mais silêncio. Mariana aproveitou para prender seus cabelos longos e negros em um coque.

"Eu li outro dia que as crianças conseguem ficar de cócoras indefinidamente, sem apoio nenhum, totalmente sentadas no calcanhar. E depois a gente perde esse dom."

"Por quê?"

"Sei lá. Mas tem uns povos que conseguem... Dizem que é bom para caçar e guerrear. Porque você pode parar num terreno pantanoso e descansar sem precisar sentar a bunda no chão."

"Fora que, do jeito que você está, tem que ficar trocando de posição."

"É, a gente cruza as pernas, descruza, e sem encosto não fica bom."

Outra pausa. As baratas deviam estar fazendo a festa no espaço debaixo da pia. Mariana estava constrangida e pensava bem forte em algum assunto que pudesse abordar com a amiga. Podia comentar algo sobre suas roupas, o que era difícil, pois Teresa se vestia pessimamente, sempre com bermudas velhas, camisetas puídas, calças com elástico e chinelos de pano. Ela argumentava que eram boas roupas para datilografar, pouquíssimo incômodas. Já Mariana, mesmo em casa, usava vestidos de seda e sandálias delicadas, escovava os cabelos e se perfumava. Será que, quando fosse mais velha, ficaria desleixada?

"Sabe uma coisa que eu queria mostrar para o Nico?", contou Mariana. "Um tratado sobre a evolução das técnicas de natação ao longo da história. Não tem utilidade nenhuma, mas é tão legal..."

"Que nem antropologia", interrompeu Teresa, sem perceber a provocação.

"... O cara diz que, no começo, quando a natação ainda dava suas primeiras braçadas, primeiro te ensinavam a nadar de olhos fechados, depois a mergulhar e, por último, a abrir os olhos. Agora não: a gente aprende primeiro a se virar na água com os olhos abertos, porque assim dá pra controlar os reflexos e você fica com menos medo. Quem aprende a nadar com os olhos fechados precisa ter mais coragem de abrir depois."

"Eu só nado de olhos fechados", contou a amiga. "Aprendi quando usava lentes de contato e não podia abrir de jeito nenhum."

"Olha ali! Uma barata!"

"Dá o chinelo."

"Não, espera. Deixa eu conversar com ela", pediu Mariana, não se sabe se brincando ou não.

Numa de suas tradicionais sessões de *Nanook, o esquimó*, a moça reparou que o protagonista não se furtava em sacrificar raposas, degolar focas e perseguir morsas. Em determinada cena, matou um peixe com os dentes e depois foi brincar com os filhos. Essa tranquilidade dos esquimós a acalmava, o modo como retornavam às tarefas habituais e sorriam mesmo depois de fazerem coisas terríveis. Pesquisando sobre o assunto, aprendeu que os antigos inuítes botavam seus anciãos pra fora durante a noite, no inverno, para morrerem de fome ou de frio. Em épocas de carestia, por não poder mais sustentá-los, abandonavam-nos em blocos de gelo, jogavam-nos na água ou os enterravam vivos. A vítima podia ser levada a um lugar ermo e lá deixada, ou o contrário: a comunidade decidia se mudar enquanto o velho dormia. Muitas vezes, os próprios idosos se enforcavam ou pediam que alguém os afogasse. Tudo isso era justificável.

Enquanto exterminava baratas, Mariana lembrava desses textos e pensava em Nanook lambendo uma faca de marfim de presa de morsa. A saliva se transformava imediatamente em gelo e assim a faca cortava mais facilmente. Enquanto ele construía um iglu, as crianças brincavam de trenó humano, escorregando nas costas umas das outras.

"Sabia que, quando alguém mata um esquimó, a família pode acolher o próprio assassino como substituto do morto?", perguntou Mariana, chinelo na mão. "Há uma ênfase na restituição que ignora todos os outros aspectos", disse.

"Eu acredito", afirmou Teresa, um tanto confusa, tentando trazer à mente as poucas cenas que se lembrava de ter visto em *Nanook*. Seria antes ou depois daquela hora em que sai uma porção de gente de um caiaque, uma família inteira espremida lá dentro, um depois do outro, como numa comédia dos irmãos Marx?

"Em compensação, tem coisas que a gente faz hoje sem a menor cerimônia e já foram consideradas crimes gravíssimos."

"Tipo matar baratas?"

"Tipo", respondeu Mariana. "Na Grécia antiga, eles tinham um festival chamado Bufônia. Era uma matança de bois."

"Ali! Outra ali! Está vendo?"

"Então! E abater... os bois...", explicou a antropóloga, chinelando mais um ortóptero, "abater os bois era crime. Daí o que eles faziam? Encenavam um julgamento depois do sacrifício, e todos os participantes eram convocados como testemunhas. No final, o consenso era de que a responsabilidade pelo crime deveria ser atribuída à faca e, portanto, esta era jogada ao mar".

"Espertos", comentou Teresa.

"Chinelo assassino", disse a outra, encarando o objeto. E prosseguiu: "Os choctaws, uns índios americanos, quando matavam um inimigo e tiravam seu escalpo, ficavam de luto por um mês. Nesse período, não podiam pentear o cabelo e, se a cabeça lhes comichasse, não podiam coçá-la, a não ser com uma varinha que traziam presa ao pulso."

"Eu li que na Tailândia é ofensa grave mostrar a planta dos pés para os outros", concluiu Teresa, a troco de nada.

* * *

Atormentado pela conversa sem sentido e pela iminência de mais chineladas na parede da vizinha, Otto desistiu e foi para a sala. Arrastando os chinelos, abriu pela enésima vez a gaveta do armário embutido e apanhou um envelope de dentro, que levou vagarosamente até a poltrona com a manta xadrez.

De tão amassado, parecia que alguém mastigara seu conteúdo antes de cuspir. Eram papéis do hospital, uma série de resultados de exames que Ada havia realizado no ano anterior — hemograma, raio X, ultrassom, mamografia, ecocardiograma bidimensional colorido, eletrocardiograma, doppler, holter e exame ergométrico. Alguns estavam mais amassados do que outros — eram justamente os que Otto passara noites encarando, como se o fato de intimidá-los agora pudesse reverter o que aconteceu com o corpo de Ada na manhã de sua morte.

Por algum motivo, todos aqueles exames não chegaram ao destinatário a tempo. Ada havia feito o check-up no final de agosto, mas alguma coisa acontecera com os correios em setembro — houve duas semanas em que ninguém da vizinhança recebera correspondência alguma, mas a situação foi se normalizando logo depois, as cartas sendo vagarosamente entregues com atraso. Só que algumas coisas se extraviaram de vez — e muitos tiveram que pedir a segunda via de boletos de pagamento, outros perderam a remessa mensal de catálogos e revistas. Teresa não recebeu o título do clube do livro, um bom romance vitoriano que ela não conseguiu recuperar até hoje, imersa em formulários de burocracia obrigatórios para comprovar o não recebimento de materiais. Ada não recebera o resultado de seus exames e nem percebeu. Julgando que os papéis haviam sido encaminhados diretamente ao médico, foi protelando a marcação da consulta. Chegaram as festas de fim de ano e as promessas de cuidar dessas chatices no ano seguinte. Talvez ela pressentisse que havia algo errado, ou talvez estivesse ocupada com as infinitas reuniões da vizinhança que por algum motivo se multiplicaram nos últimos meses do ano — certo é que ela não voltou mais ao médico, e não mais voltaria.

Se os exames tivessem chegado a tempo, Ada descobriria uma grave arritmia cardíaca chamada fibrilação atrial paroxística, distúrbio de ritmo causado pela degeneração ou apoptose do miócito. No eletrocardiograma, constatou-se a "ausência de ondas P, substituídas por ondulações irregulares da linha de base (ondas f), com frequência de 600 pm". O relatório médico também indicou alterações da repolarização ventricular causadas pela frequência ventricular irregular e pela presença de ondas f sobre o segmento ST e ondas T. Como Otto pôde estudar posteriormente, quando já era tarde demais, o coração de Ada operava de forma caótica. Por motivos hereditários ou degenerativos, seus átrios um dia passaram a bater muito mais rápido que as demais partes do coração, tremendo ou "fibrilando", e fornecendo sinais elétricos confusos para os ventrículos. Em lugar de uma contração muscular regrada e uniforme, oriunda de uma única fonte (o nódulo sinusal), como acontece num coração normal, as fibras musculares individuais agiam de forma independente em vários pontos dos átrios, comprometendo a eficácia do bombeamento de sangue para fora do coração.

Pelo que os médicos puderam apurar, a fibrilação atrial de Ada resultou numa porção estagnada de sangue no átrio esquerdo (coágulo), tão pequeno quanto maligno. Quando móvel, o coágulo é chamado de êmbolo e pode viajar até o cérebro, obstruindo a artéria basilar e provocando um acidente vascular isquêmico. Era o que estava escrito em seu atestado de óbito, de forma mais resumida.

A parte triste era que havia uma porção de opções de tratamento para esse tipo de doença, ainda mais quando diagnosticada prematuramente em exames. Ada podia ter tomado medicamentos antiarrítmicos, anticoagulantes orais ou antiagregantes plaquetários, o que agradaria imensamente a Nico, provocando um êxtase quase infantil no assistente de farmácia. Podia se submeter a uma cardioversão elétrica, angioplastia ou cirurgia de pontagem coronária, contrariando de leve os administradores de seu convênio médico. Muita gente melhorou após sofrer uma ablação por cateter de radiofrequência, com posterior colocação de marcapasso.

Mas Ada não recebeu os exames e, portanto, não ficou sabendo que sofria de uma arritmia potencialmente fatal. Morreu por falha de comunicação dos correios.

Após o aleatório extermínio dos filhotes de barata, Mariana e Teresa resolveram executar um genocídio mais racional, tampando com silicone os vãos da pia depois de jogar quantidades ainda maiores de Baratil lá dentro — lá se foi outra lata. Emparedaram, assim, toda uma nova geração de ortópteros, que não tiveram chance de conhecer as maravilhas das migalhas de Teresa e os restos de ração canina que ela costumava derrubar no caminho para o quintal. Ananias pareceu desapontado, parou de salivar e foi dormir.

Satisfeita com os resultados do dia e na expectativa de haver resolvido o problema da infestação, Mariana despediu-se da amiga e voltou para casa, com o claro objetivo de bater iogurte no liquidificador. O marido não suportava cheiro de iogurte, portanto Mariana só podia prepará-lo enquanto ele estivesse fora — situação mais frequente do que ela gostaria.

De início, às vésperas de uma viagem iminente, Mariana chorava muito. Na noite anterior, quase sempre na última hora, arrumavam juntos a mala de rodinhas — a que chamavam de "tatu", devido a seu formato atarracado — e discutiam a proporção ideal de meias para cuecas com relação ao tempo de viagem. Em geral, ela é que dobrava e acomodava as roupas, enquanto o marido ficava sentado num canto do quarto comandando a seleção musical da noite. Mariana pedia ajuda e ele, sério, observava que a correta triagem de peças de indumentária dependia do estado de espírito melódico em que se encontrassem na hora da atividade. Ela girava os olhos. Nos dias subsequentes, morria de saudades, sobretudo quando ele partia de manhã e ela já acordava sozinha.

Como as viagens eram frequentes, Mariana começava a se acostumar. Já não fazia escândalo quando ele partia por umas semanas e, na verdade, até gostava daqueles longos períodos de independência. Mariana e o marido conversavam todos os dias ao telefone, mas não tinham muito a dizer. Ela tentava colocá-lo a par dos acontecimentos recentes: Teresa agora julgava que o foco das baratas estava no banheiro, o Aníbal achou que você estava em casa e veio pedir uma dica de desodorante, o Otto parece melhor, onde foi que você comprou aquelas mangas?, comecei a ler um texto incrível do Radcliffe-Brown. Ele escutava tudo com periódicos "arrás", e de súbito dizia alguma coisa pouco relacionada com o tema. Não fornecia detalhes sobre seu trabalho, já que Mariana nunca iria entender, embora esta teimasse em ensiná-lo as coisas mais interessantes da antropologia — com pouco ou nenhum resultado.

Vez ou outra, ela se arrependia de ter abandonado a universidade. Sentia-se sufocada naquela cidadezinha, sem marido nem cinema próximos. Suas únicas companhias eram o iogurte, os esquimós e as dezenas de textos que ela anotava sem objetivo específico, apenas com a leve esperança de que o marido poderia, quem sabe desta vez, se interessar.

Ainda assim, sentia a falta dele, de modo que sua volta era sempre um momento de alegria extrema, um momento de esquecer tudo o que houve, esquecer a dor, a culpa e ler em voz alta a história dos habitantes das Marquesas, que ela havia separado numa pilha de livros em cima da cômoda, polvilhada de marcadores de página. (Otto acompanhava o reencontro com grande interesse, recordando-se de sua juventude com Ada. A esposa costumava selecionar do jornal suas tirinhas preferidas, mas, em cinquenta anos de casados, nunca haviam se separado por muito tempo.)

> *Depois que um casamento é combinado, os parentes do noivo coletam dádivas que devem ser oferecidas aos da noiva. Festivos, encaminham-se à casa desta. No caminho sofrem uma emboscada, sendo atacados pelos próprios parentes da noiva, que se apoderam dos bens à força. Segundo o costume polinésio do* utu, *aqueles que sofrem uma injúria podem retaliar, infligindo outra injúria. Portanto, os parentes do noivo exercem esse direito, tomando para si a noiva.*

Depois de tomar o copo de iogurte quase inteiro, Mariana guardou o restante na geladeira, tirou a roupa e foi dormir. Pensou em telefonar para o marido, mas já eram duas e meia da manhã e ele certamente não aprovaria a medida. Talvez pudesse ligar para o primo, que dormia tarde. Não: melhor não. A moça então se deitou em diagonal na cama *king size*, atirou pra longe o travesseiro supérfluo, botou os tampões amarelos no ouvido e dormiu quase imediatamente. Ficou satisfeita de não ter que lidar com os roncos alheios, mas, lá na rua de baixo, os chihuahuas de Iolanda latiam.

Mariana teve pesadelos e um sonho erótico com Bronislaw Malinowski. Ela mastigava suas botas e corria pela rua de chinelos, matando uma porção de baratas sem querer. O marido aparecia, irritado, e ela mostrava as unhas sujas de terra.

Otto, por sua vez, tornou a guardar os exames na gaveta e voltou para o quarto arrastando os pés, ouvindo vagamente Iolanda pedir silêncio aos cachorros. Conseguiu dormir uma hora e meia depois e teve sonhos com baratas, couve-flor e o dia em que levou Ada ao hospital para fazer os exames. Aqui e ali, o homem ruivo vinha atormentá-lo.

7. Andrew D. Boring

Em Andrew Boring a gente podia confiar. Ainda que checasse as mãos de cinco em cinco minutos para ver se estava ou não sonhando, Nico julgou relativamente possível que estivesse acordado e fosse agora o farmacêutico-responsável de um grande laboratório de medicamentos. O fato de ter pés de galinha no lugar de dedos era decerto um efeito colateral de algum dos seus remédios, que Andrew Boring fazia questão de testar pessoalmente — nele a gente podia confiar.

    Além de profissional talentoso e químico respeitável, Andrew era um afamado nadador de águas abertas, tendo cruzado o estreito de Gibraltar em 18 horas e 44 minutos, recorde de demora em sua categoria. Enquanto os competidores levavam três ou quatro horas, ele demorava cinco vezes mais — o que era, em si, uma façanha. Lutava junto ao Comitê Olímpico Internacional para incluir o nado cachorrinho no revezamento medley 5x100m, estilo no qual se especializara e com o qual, em suas palavras, era possível desperdiçar mais energia corporal do que na corrida de velocidade com agitação aleatória de braços.

    Nico sonhou que se chamava Andrew Boring e redigia bulas no balcão da farmácia com sua touca de natação, pingando água nos antigripais e gabando-se de escrever sobre efeitos colaterais que ele mesmo manifestara. Após tomar clonazepam, por exemplo, gostou de poder acrescentar à lista "movimentos anormais nos olhos, coma, confusão, lamentações e nistagmo". Outra de suas grandes conquistas era a "deterioração geral" e o "pênfigo", que ele fazia questão de diferenciar do banal e desinteressante "prurido". Este último era um dos efeitos colaterais do maleato de enalapril, cuja bula inteira é redigida em letras maiúsculas.

Repentinamente, Nico olhou para as mãos e elas eram grandes, vistosas e tinham cinco dedos. Estava acordado, portanto. Sonhou que pedia um carregamento novo de cloridrato de memantina, remédio para Alzheimer que estabilizava os sintomas e retardava a evolução da doença. Fora encomendado por Mayu para o tratamento do seu pai, o sr. Taniguchi. A memantina era conhecida por provocar alucinações, desorientação, tonturas, dor de cabeça e cansaço, além de hipertonia, que é o aumento involuntário do tônus muscular.

Quando foi entregá-la, Andrew Boring cumprimentou o ex-sargento, que tomou o pacote nas mãos e agradeceu. Parecia bem. O farmacêutico trocou umas palavras com ele e Mayu sobre uma novidade do laboratório: o Tridemol Tosse, remédio milagroso com sabor de tutti frutti.

"Ele é tão bom que foi retirado de circulação, mas nós conseguimos estocar umas caixas", informou Nico sobre os revolucionários filmes dissolvíveis de uso oral com bromidrato de dextrometorfano. "É o melhor remédio contra tosse que eu já vi. Você bota na boca e, rapaz... faz efeito na hora."

Mayu argumentou que deviam ter tirado de circulação não por ser excessivamente eficaz, mas por ser tóxico e letal, mas Nico não se fez de rogado. Considerava o medicamento algo próximo à perfeição, com o único efeito colateral da excitabilidade. "Não pode ser tomado junto com inibidores seletivos de recaptação da serotonina porque pode potencializar os efeitos, nem por pessoas que tenham problemas de intolerância à frutose, o que, convenhamos, é muito raro."

Ele poderia passar mais tempo falando do Tridemol e do Proteção Antecipada, mas foi interrompido pelo sr. Taniguchi, que disse estar com uma "dúvida cruel". Andrew aproximou-se do japonês e perguntou em que poderia ajudá-lo. Aparentando tranquilidade, o ex-sargento sussurrou que, sinceramente, não sabia se sua mãe estava viva ou morta. "Cada um me fala uma coisa. Outro dia ela acenou pra mim do corredor", disse, e foi quando Nico caiu na real.

"A sua mãe faleceu há mais de cinquenta anos", informou Mayu de forma seca, lançando um olhar demorado para o visitante.

Por azar, Nico encarou as mãos: estava com todos os dedos.

Ironicamente, a infestação que reaproximou Teresa da vizinha antropóloga foi simultânea a um pedido de ajuda: um colega de Mariana estava procurando alguém para passar a limpo sua tese de doutorado. Alguém que fosse confiável e pudesse digitar os originais com certa rapidez, não importando que fosse à máquina. Ainda que o pagamento fosse ínfimo em comparação ao preço por lauda recebido do escritório de advocacia, Teresa topou. Primeiro porque havia sido suspensa após o episódio dos documentos roídos por Tuco, que invadira o quartinho dos fundos e dizimara copiosos formulários em alemão. Mas isso não era o mais importante.

Ao receber a proposta, Teresa pensou que seria mais uma forma de reatar com a vizinha, mesmo porque os assuntos eram relacionados: baratas. Não só baratas, mas tinha a ver. Especialista em etnoentomologia, disciplina que unia a etnografia com a biologia, o amigo de Mariana pesquisava sobre a utilização medicinal de insetos em um povoado no interior do país. O trabalho era extenso e bem documentado, bastando apenas uma datilógrafa disposta a decifrar a letra do pesquisador, e, no máximo, uma estagiária para botar ordem na papelada e revisar por alto as notas de rodapé e anexos — cuidadosas transcrições de entrevistas feitas pelo estudioso.

Ainda assim, só pela diversão, Teresa e Mariana combinaram de formar uma ambiciosa equipe de trabalho. Foi o que fizeram nas semanas seguintes. Os originais passavam primeiro pela datilógrafa, que os transcrevia noite adentro na mesa de jantar, afastando aqui e ali o canino Mendonça, que vinha roer seus chinelos ou bater a cabeça na porta, sonolento, em busca da cozinha. Teresa se orgulhava de poder datilografar com as duas mãos enquanto, com a perna, distraía os cães e lhes chutava brinquedinhos de plástico. Não perdia a concentração nunca. (Nem descuidava de Tuco, que ademais parecia arrependido de seu comportamento com os formulários alemães. Eram bastante indigestos.) Interessava-se imensamente pelo assunto, relia algumas passagens em voz alta para Mendonça, estava se divertindo à beça e até atrasou alguns dos novos serviços para a Saggio, Saggio & Saggio Advogados Associados, que abreviou a suspensão de sua melhor funcionária logo que as outras datilógrafas começaram a entregar trabalhos repletos de erros, arruinando centenas de formulários numerados.

Os papéis iam direto para Mariana, que batia um iogurte com morango e se esticava no sofá. Passava a tarde lendo. Caneta na mão, ia fazendo anotações nas bordas — o verde era para indicar erros de datilografia, questões gramaticais e ajustes imediatos. Esse tipo de emenda voltava para Teresa e era corrigido de um dia pro outro. Marcações em vermelho indicavam observações ao autor. Eram comentários metodológicos, sugestões bibliográficas ou apontamentos de cunho conceitual que encaminhavam ao pesquisador. Fazia tempo que Mariana não se empolgava tanto. Teresa datilografava com tanto gosto que chegou a perder peso.

Durante o trabalho, ambas dividiram impressões entusiasmadas sobre os costumes alheios e a pesquisa de campo. Aprenderam, entre outras coisas, que determinados povos usavam fragmentos de baratas torradas para produzir remédios contra bronquite asmática, dor de ouvido, embriaguez, asma, epilepsia, estrepada e furúnculos; aos pedaços, a barata comum era utilizada como remédio contra cólicas menstruais. "Já a carocha serve para tratar dores de cabeça: recomenda-se cheirá-la viva."

Quando ficou sabendo dessa história, Nico fez questão de incluir-se no time. Faltou a inúmeras aulas de natação só para ir à capital, onde morava o dono da farmácia. O chefe provinha de uma extensa linhagem de farmacêuticos e herdara uma biblioteca com clássicos da profissão, tomos amarelados e pitorescos que não serviam pra nada. O assistente podia consultá-los à vontade. Mariana fez o mesmo com seus livros de antropologia da época da faculdade, de modo que coletaram uma porção de coisas para enriquecer o trabalho.

Historicamente, descobriram, a utilização medicinal de baratas era bastante comum. Há mais de 2 mil anos, Plínio, o Velho, dizia que a gordura de uma certa *Blatta*, quando moída com óleo de rosas, era ótima para o tratamento de dores de ouvido (aqui falta uma nota de contextualização, anotou Mariana, oferecendo-se para redigi-la). No século XVIII, um boticário apontou em seu caderninho que a barata "torrefacta" e em pó, dada em qualquer licor, "he hum bom anticolico". Cozida na água, também teria efeito em asmáticos. Outras observações em vermelho:

> — *Na medicina tradicional da Amazônia, o pó do inseto dissolvido em vinho, água ou aguardente é usado em casos de retenção de urina, cólicas renais e ataques de asma.*
> — *Na Indonésia, servem-se baratas assadas para curar a asma.*
> — *O povo Yolnu, que vive no norte da Austrália, trata pequenos cortes colocando na ferida um unguento de baratas esmagadas.*
> — *Os curandeiros da Zâmbia empregam seis espécies diferentes para o tratamento de furúnculos e outros problemas cutâneos.*
> — *Pílulas feitas com esse ingrediente crocante eram prescritas em casos de coqueluche e doença de Bright.*

No que constituiu um momento de êxtase para todo o grupo, Nico descobriu um espécime esbranquiçado de barata registrado no *Index* de 1917 de um famoso laboratório farmacêutico, o Plaxxon-Pluck, recomendada para o tratamento de "coqueluche, úlceras, verrugas, hidropisia, furúnculos, entre outras enfermidades".

Tudo isso era anotado separadamente e enviado ao pesquisador junto com as primeiras provas da monografia. Ao se deparar com tamanho volume de acréscimos, ele respirou fundo e pediu que, por favor, refreassem o ânimo exploratório, mas não havia meio de conter o trio.

Iolanda também quis entrar na roda, alegando que tinha muito com que contribuir com seus conhecimentos em florais de Bach. Baixou um dia na casa de Teresa com um livro fartamente ilustrado, fonte tamanho treze e espaçamento duplo, que abriu sem fazer cerimônia. E leu:

De acordo com a Lei da Transmigração das Almas, defendida por Krishna e também por Pitágoras, não somente os fenômenos naturais obedecem à Lei de Evolução e Involução, mas também a própria alma dos seres. Dependendo de sua conduta, esforços de aperfeiçoamento ou hábitos, as almas podem evoluir ou involuir espiritualmente.

Teresa pediu que a vizinha lhe emprestasse o livro primeiro por educação, depois por maldade: sabia que Mariana ia achar graça. Mas, por azar, quem viu primeiro o volume largado sobre a mesa, entre os originais datilografados, foi Nico, que não se conteve e correu a discutir com Iolanda, furioso. Esta achou que seu trabalho não estava sendo valorizado e afastou-se do projeto, ainda mais depois que o farmacêutico atirou o livro no jardim de Otto, dizendo que aquilo não valia nem como adubo. "Não precisava ter sido tão grosso", comentou Mariana, observando que antropologicamente essa atitude não era legal. Otto cerrou as cortinas e esperou que o lixeiro um dia recolhesse aquela porcaria. Teresa até pensou em enviar as anotações ao colega de Mariana, só para ver se ele estava prestando atenção. "Imagina que engraçado botar na bibliografia: *Magia Elemental e Psicologia Gnóstica — Tomo I: O pós-sufismo*. Certeza de sucesso com a banca."

Dizia o autor do livro que as baratas possuíam uma característica especial: elas eram unicamente a materialização de Larvas Astrais,

> *ou seja, não são elementais nem em evolução nem em involução, são tão somente a encarnação de larvas. Tais parasitas noturnos reúnem-se em ambientes de energias densas e desequilibradas, locais escuros, sujos ou que "funcionam" somente à noite. Junguianamente falando, podem simbolizar nossa sombra. Alimentam-se das energias humanas a partir dos membros inferiores, provocando perda de energia, cansaço. Recomenda-se não somente matá-las, mas se possível queimá-las, pois as larvas, mesmo fora do corpo das baratas, continuarão no ambiente astral. (Para saber mais sobre larvas energéticas, consulte o capítulo cinco).*

Foi o que Iolanda aproveitou para bradar, enquanto anunciava sua demissão precoce do projeto: que o livro continha importantes correlações sobre o aparecimento das baratas e o incidente do ano anterior, que aquilo não podia ser coincidência e que era preciso tomar cuidado com a súbita infestação de elementais estacionários e larvas energéticas vindos diretamente do mundo das sombras. "Carma ruim! Isso é carma ruim!", repetia, batendo portas.

* * *

Alguma coisa acontecera com os correios em setembro do ano anterior, e, se havia pouca ou mesmo nenhuma relação com a infestação de baratas, tinha quase absolutamente a ver com o desaparecimento do carteiro substituto. Aidan era um rapaz muito novo, magricela e sardento, que sustentava a família com seu salário de colaborador da Empresa dos Correios e Telégrafos. Era silencioso, tímido e conversava pouco com a vizinhança.

Ada gostava do carteiro substituto e vivia insistindo que entrasse para tomar um café quando ele passava, trinta dias ao ano, na época das férias do carteiro titular. Ele recusava de forma polida e chegou um dia a perguntar aos superiores da central se aceitar café e bolo configurava algum tipo de prevaricação ou suborno no ato de ofício. Aníbal ficou sabendo das dúvidas do novato, caiu pra trás e só parou de rir quando notou que o colega estava sério, constrangido até. A questão era que o jovem carteiro estudara com afinco para passar no concurso público e não queria perder o emprego por um mero deslize. A resposta era: não, aceitar um talo de couve-flor à milanesa não configurava motivo suficiente para a demissão por justa causa.

Aidan era tão eficiente que concluía as tarefas de Aníbal em metade do tempo. Ele nem sequer almoçava. Ao terminar a entrega diária, sempre executada de forma impecável e cronologicamente austera, Aidan voltava à central e passava o restante do tempo ajudando a fazer triagem da correspondência. Ou estudava formas de aperfeiçoar sua metodologia, corrigia erros de trajeto e retraçava um caminho com vistas a identificar possíveis falhas de decisão — não fazia sentido percorrer o mesmo trecho de rua duas vezes, era preciso buscar concisão no trajeto entre as casas pares e a mudança para as ímpares. O momento certo de atravessar a rua era o que buscava Aidan, *la traversée juste*. Anotava os resultados numa prancheta de acrílico repleta de adesivos bíblicos. Ao final do expediente, ajeitava os óculos quadrados, cumprimentava todos de forma uniforme e comedida, e ia para casa.

Um pouco como Otto, Aidan não gostava de trombar com Aníbal, que aliás sempre estava de férias quando ele assumia a função. Mas às vezes calhava de se encontrarem na central, e o rapaz mal tinha tempo de desviar de seu abraço. Aníbal, muito vermelho e empolgado, se interessava pela vida pessoal do novato. Este lhe informava sobre as principais mudanças na correspondência periódica daquele distrito, quem havia se mudado, assinado uma revista nova ou coisa do tipo, mas Aníbal pouco se importava com essas questões. Queria saber da vida de Aidan e das fofocas da região. O substituto desistiu de consultá-lo a respeito de sua metodologia ao descobrir que não havia nada de científico nela: Aníbal ia entregando as cartas ao sabor da sorte; atravessava a rua em zigue-zagues altamente dissipativos; às vezes tinha vontade de passar na casa de Iolanda para perguntar alguma coisa e assim fazia, mesmo que estivesse a três ou quatro ruas de distância — nunca aproveitava para entregar a correspondência das redondezas porque, francamente, não se lembrava disso. Aníbal se importava mais com as canções que usaria em determinado trecho, como esta, que tentou ensinar ao aprendiz, sem sucesso:

> *O que mata ela é uma perna torta*
> *e a outra morta numa congestão*
> *Um braço seco que furou num prego*
> *tem um olho cego e só tem uma mão.*

Pacato e reservado, Aidan morava numa cidade ao longe (pra lá das montanhas) com os dois irmãos mais novos, cujos estudos ajudava a bancar. Não chegara a conhecer o pai. A mãe, uma irlandesa zangada e rechonchuda, morrera anos atrás numa briga de bar. Um bêbado começara uma discussão e, no calor da hora, ela encampou um dos lados, xingou a esmo e tomou uma garrafada no pescoço — era uma garrafa pesada de uísque e atingiu a jugular da mulher, que morreu a caminho do hospital.

Aidan era adolescente e assumiu a responsabilidade pela família. Largou os estudos e prestou concurso para a Empresa dos Correios uma, duas, três vezes — quando enfim conseguiu passar, lhe coube uma função itinerante a que chamavam de "substituto titular": mês a mês, assumia uma região diferente na cobertura das férias de algum colega. Gostava da função, pois assim não precisava formar laços com ninguém. Também na central não possuía amigos. Entrava e saía de forma invisível, e com frequência era remanejado para outras regiões mais distantes. Ninguém sentia sua falta ou perguntava dele — supunha-se apenas que Aidan estava cobrindo as férias de alguém, em algum lugar para além das montanhas.

Mas, nas últimas semanas de setembro, sua ausência fora notada. Naqueles dias, convocou-se uma reunião extraordinária na vizinhança, a que Otto obviamente não compareceu, na qual ficou decidido que, para não prejudicar Aidan, nenhuma reclamação formal seria feita à empresa dos correios. Segundo informações de Ada, optou-se apenas por solicitar as segundas vias dos boletos e o reenvio de documentos mais urgentes. Otto não ficou sabendo o que houve com o carteiro nessas duas semanas e nem se interessou, embora fosse muitíssimo fã de suas entregas cartesianas.

Quando o sr. Taniguchi ainda estava lúcido, Otto gostava de se postar com o vizinho junto à janela, de onde apreciavam o traçado coerente do substituto. "Tão novo e tão talentoso", comentava o japonês, num raro rompante de admiração. "É quase arte", diziam a Ada. Nenhum dos dois ousava entrar em contato com o carteiro para parabenizá-lo, de modo que este nunca soube que possuía dois ardorosos fãs naquele distrito, justamente um dos mais difíceis de se trabalhar — não só pelo assédio dos vizinhos, mas por se tratar de ruas íngremes e sinuosas, do tipo que requeriam do profissional das entregas um estudo prévio. Nesses casos, às vezes compensava trocar de calçada e até de rua mais de uma vez por lote, dependendo de como as ladeiras se comportavam do início para o fim da numeração. Aidan sabia que uma entrega retilínea não era sempre a mais indicada, sobretudo em distritos caóticos como aquele, dotados de uma geografia hesitante e escadarias ligando vielas a becos e de volta a ruas mais largas. Outro fator que ele gostaria de levar em conta era o volume médio de cartas previsto em cada casa, constante que variava conforme os anos, meses e habitantes. Como Aníbal nunca soubera responder a essa espécie de questionamento, a Aidan restava calcular aproximadamente quais residências eram mais prósperas em catálogos, cartas e boletos de pagamento, considerando em seu trajeto final o volume de correspondência entregue no trecho inicial da rota, quando se aliviava de uma porcentagem maior do fardo e ficava mais livre para percorrer localidades remotas.

Em setembro, porém, alguma coisa acontecera. Outrora certeiro e confiável, Aidan sumira — levando com ele um importante lote de cartas.

Ao término dessas duas semanas de limbo, Aníbal voltou de sua folga anual e a entrega de correspondência normalizou-se — se é que essa palavra pode ser empregada no que tange ao carteiro titular. Quando retornou, porém, ele cantava mais baixinho, parecia preocupado e mais avoado. Nem o "Samba Lelê" era suficiente.

Samba Lelê está doente
Está com a cabeça quebrada
Samba Lelê precisava
É de umas boas lambadas

O que nunca lhe parecera justo: o sujeito estava enfermo, com o crânio rachado, e ainda o ameaçavam com uns belos sopapos? "E quem são vocês? Fariseus? Hipócritas?", ele argumentava aos vizinhos.

Quanto mais alto o carteiro cantava é que mais estava precisando.

Em questão de semanas, Mariana e Teresa terminaram de passar a limpo a monografia. Otto trazia um par de olheiras fundas e ficou feliz quando ouviu Mariana comentando com o marido que se tratava do último capítulo com as conclusões pessoais do autor e recomendações de aprofundamentos vindouros. Não haveria mais datilografia febril na sala de Teresa, noites a fio, nem reuniões do grupo para informar os avanços recentes. Mariana sentiu-se novamente vazia e caprichou nos copos de iogurte. Nico voltou a sonhar que era Andrew Boring e parou de ir à biblioteca da casa do chefe, concentrando-se novamente na natação e nos efeitos colaterais de medicações.

Voltou a treinar suas checagens de realidade para os sonhos lúcidos, olhando repetidamente para as mãos e tentando respirar com o nariz tampado.

Um dos produtos mais inocentes que Nico possuía na farmácia era uma pomada contra eczema chamada Dermatit, que ele indicava para absolutamente tudo. Ainda que demorasse duas semanas para fazer efeito nos quadros mais simples e, em alguns casos, para nada servisse, tratava-se de um composto mais ou menos eficaz e bastante recomendado pelos médicos, sobretudo quando não se sabia bem qual a natureza da vermelhidão em estudo.

Foi com um gesto preciso que ele sacou a bula dobrada do interior da caixa e abriu-a com a mão esquerda, diante de um muxoxo geral — e ele pensou que iriam se espantar. O papel estava dobrado em cinco, era difícil chacoalhá-lo de uma vez. Espiou com o canto dos olhos para ver se alguém parecia impressionado. Na primeira fila, Teresa assoava o nariz.

Parte da vizinhança agrupara-se no salão da igreja para discutir o que fariam com a ruiva Eilinora, pior passadeira da história. Estavam no final de maio, pouco antes das quermesses do meio do ano. Não totalmente recuperadas da maratona acadêmica, Mariana e Teresa se recostavam à parede, cansadas, tendo empurrado as cadeiras ligeiramente pra trás. Os demais se dispunham numa espécie de semicírculo: Iolanda, o sobrinho (que respondia mensagens pelo celular), Mayu, o carteiro. Cochilando com as patas encolhidas, Tuco estava preso por uma coleira ao pé de um móvel, já que Teresa tinha receio de deixá-lo sozinho com o portãozinho frágil do quarto dos fundos e sua pilha de formulários internacionais. Nico estava na frente feito um professor, sentado em cima de uma mesa, e fazia seus truques com bulas.

"Vejam só. Essa não é de Andrew Boring, não preciso nem dizer. Contém: sulfato de neomicina 5mg/g, bacitracina zíncica 250 UI/g. De novo, um dos produtos mais inocentes que eu tenho na estante. Posso continuar?"

Diante do mutismo da plateia, ele prosseguiu:

"Este medicamento não deve ser usado por pacientes que tenham alergia aos componentes da fórmula. É contraindicado em caso de insuficiência renal e quando o paciente já teve ou tem problemas de audição ou equilíbrio."

Ele se ajeitou na mesa. "O que tem a ver? O que tem a ver audição com dermatite? Eczema e equilíbrio? O que tem a ver, minha gente?"

Sentado ao lado de Mayu — que deixara uma amiga cuidando do pai —, Otto tentava fazer contato visual com algum vizinho, sem sucesso. Então eram assim as reuniões da vizinhança?

"Aí depois, quando você acha que não tem como piorar, vem o seguinte: 'Por ser uma medicação relativamente nova, recomenda-se atenção para possíveis efeitos ainda não conhecidos.'"

Nico soltou os braços ao longo do corpo e suspirou.

"Muita falta de profissionalismo. Mas é tão interessante! Não acham?"

A questão é que ninguém ali esperava que Otto fosse aparecer. Fazia mais de dez anos que ele não frequentava uma reunião da vizinhança, se é que já havia frequentado alguma — dizia ele que sim —, e a pauta havia subitamente se transformado com a sua presença. Ninguém sabia ao certo o que fazer com o velho, que fora um dos primeiros a chegar e se sentara num dos cantos do fundo, por isso agora, com a casa cheia, o palco era de Nico e seus truques com bulas.

> *Este é um medicamento novo e, embora as pesquisas tenham indicado eficácia e segurança aceitáveis para a comercialização, efeitos indesejáveis e não conhecidos podem ocorrer. Seu mecanismo de ação é desconhecido, mas o efeito parece estar ligado a potencialização da atividade [...].*

O assistente de farmácia parecia ter nos bolsos uma quantidade quase infinita de bulas e anotações esparsas, dando claros indícios de que estava se divertindo. "O mecanismo de ação deste fármaco, vejam vocês, é desconhecido, mas o efeito parece estar ligado a alguma coisa com as sinapses! Ou com a medula óssea! Ou campos magnéticos!", ele afirmava, estupefato. "Ninguém sabe direito como funciona. Aliás, sabiam que o primeiro antidepressivo foi produzido originalmente como um remédio para tuberculose? Aí eles fizeram testes e descobriram que, na verdade, a droga não tinha nenhuma serventia contra o bacilo de Koch. Nenhuma. Mas olha que curioso: agora tinham um grupo de tuberculosos felizes, e outro não. Pimba. O primeiro antidepressivo."

Na plateia, Tuco coçou o focinho, incomodado com uma mosca. Mayu não tirava os pensamentos do piso de azulejos rachados. O sobrinho de Iolanda se levantou para atender ao celular lá fora, e provavelmente não voltaria. Teresa fez menção de soltar o cão do pé da mesa e levá-lo para beber água ou alguma coisa do gênero — foi quando Otto tossiu de leve e pediu a palavra, do fundo da sala.

"Já são sete e quinze. A reunião não vai começar?", perguntou.

Do alto da mesa, o centro das atenções (com o bolso cheio de bulas) deu uma conferida geral nos presentes. Gaguejou. Olhou bem para as mãos, gesto repetido pelo carteiro — estavam ambos acordados. Afora a onda de mal-estar, ninguém se manifestou. Nervoso, o carteiro cantarolava baixinho:

É formosa e louca
É minha paixão
É formosa e louca
É minha paixão
É formosa...

Mariana lançou um olhar de súplica a Teresa, que desistiu de desamarrar Tuco e foi para a frente da sala, arrastando seus chinelos de pano. Nico desceu da mesa e puxou uma cadeira.

"Certo, vamos lá. A pauta de hoje é muito simples."

Teresa tomou fôlego. O sobrinho de Iolanda esgueirou-se pela porta e voltou ao lugar.

"O dia da quermesse está chegando e nós precisamos de uma lona. Aquela do ano passado não presta mais. Eu me prontifico a cotar os preços. Todos a favor de uma nova lona?"

Os presentes levantaram a mão.

"Um, dois, três, quatro... bom, temos a maioria. Excelente. Então é isso, estamos decididos. O Aníbal vai passar semana que vem recolhendo o dinheiro. Gente, obrigada, tem café ali na mesa e docinhos pra quem quiser."

Os vizinhos foram se levantando ordenadamente. Alguns seguiram direto para a mesa do café ou ficaram cochichando na porta. Otto permaneceu sentado, um tanto apático.

Naquela tarde, ouvira o carteiro bradando uma convocatória de reunião pela rua, como sempre acontecia:

"Reunião hoje às sete! Correio agora, reunião às sete. Correio! Correio! Feliz Natal e Próspera Reunião."

Como Otto estava no banheiro, onde a recepção acústica da casa de Iolanda era perfeita, ouviu a vizinha gritando com o sobrinho e o sobrinho perguntando ao carteiro se o motivo era a passadeira.

"É sim! É a passadeira!", gritou o sobrinho de volta, após a confirmação.

"O quê?", retrucou Iolanda, secando os cabelos.

"É a passadeira! Ele falou que é pra decidir sobre a passadeira!"

"Ah, bom! Até que enfim!"

"O quê?"

"Até que enfim!"

O velho não sabia o que é que precisava ser decidido coletivamente a esse respeito — se não estavam satisfeitos com a passadeira, que a demitissem —, por isso resolveu quebrar a tradição e comparecer ao encontro. Mas então Nico recitou suas bulas favoritas e Teresa forjou uma petição sem sentido sobre a compra de uma nova lona para a quermesse, o que obviamente havia sido inventado na hora. Era uma enrolação. Não queriam falar sobre a ruiva Eilinora, não queriam falar sobre o ruivo de capuz.

Na saída, Otto ainda tentou ouvir uma conversa ao acaso, na esperança de obter alguma pista. Levantando-se, Aníbal tentava equilibrar nos braços um embrulho quadrado, uma jaqueta impermeável e um guarda-chuva gigante, sem muita firmeza. Mayu se ofereceu para ajudar e saiu carregando o guarda-chuva, quase maior do que ela.

"Até que tem como colocar uma alça", explicou o carteiro. "Mas aí se eu cruzo ele nas costas fico igual a um ninja."

O pior dos pesadelos de Nico ocorreu numa tarde de setembro, por volta das duas da tarde, e ele não conseguiu controlá-lo. Foi um tipo de sonho desses provocados por grave indigestão de torta de maçã, alguma coisa estragada no doce que acaba arruinando um cochilo perfeito, do contrário tomado por divagações oníricas sobre praias paradisíacas e paixões arrebatadoras. Poderia ter sonhado, por exemplo, com uma bela mordida no pescoço de Teresa, que não acharia estranho e até sentiria cócegas. Mas estava debruçado no balcão, cochilando, e sonhou que Mayu entrava pela porta da farmácia, as mãos cobertas de sangue, falando coisas sem nexo e pedindo socorro.

Ele bem que tentou entender o que estava acontecendo, mas Mayu parecia em choque e mostrava, atônita, três ou quatro lascas de plástico, que tentava em vão recompor, como se fosse um quebra-cabeças. Certo de que havia uma emergência com o sr. Taniguchi, ele trancou a farmácia, pendurou um aviso de almoço e foi atrás de Mayu, quase correndo. Na calçada, topou com Teresa aproveitando a tarde de primavera na companhia de Tuco, Ananias e Mendonça, que, à vista de tanto sangue e alvoroço, endoidaram de vez e tentaram vencer por exaustão as resistentes coleiras, sem resultados práticos. Assustada com a cena, ela não fez perguntas; amarrou os cães no portão de Mariana e entrou com Nico e Mayu na casa do sr. Taniguchi. Foram fielmente seguidos por uma alvoroçada Iolanda, que espiava por acaso a movimentação da rua e decidiu descobrir o motivo de tanta comoção.

Na soleira da porta, Nico tentou recordar como havia chegado lá: a cena de Mayu irrompendo na farmácia com as mãos ensanguentadas era nítida. Lembrou-se da aula de natação que tivera na hora do almoço — nado costas, durante a prática ele trombou com o gordo e sua cabeça ainda doía. Lembrou-se de ter acordado antes do despertador e tomado café enquanto lia um catálogo médico que chegara na véspera. Verificação de realidade: o interruptor da sala do sr. Taniguchi estava funcionando. E ele se lembrava de como havia chegado ali.

A sala estava banhada de sol e o sr. Taniguchi dormitava placidamente na poltrona, com a manta largada no chão. Sobre o sofá, dois controles remotos se escondiam parcialmente entre almofadas coloridas. A televisão estava ligada num documentário americano sobre a batalha no Pacífico — era o quinto episódio de uma série de oito, que o sr. Taniguchi vinha acompanhando nos últimos dias ora com os olhos vazios, ora com vago interesse. De vez em quando, resmungava alguma coisa em japonês, talvez em resposta ao narrador do vídeo.

Alguns detalhes destoavam: um armário aberto e vazio, um coador de plástico largado no meio do tapete e umas toalhinhas de crochê pelo chão, empapadas de sangue. Próximo ao rack da televisão, um par de tênis de cano alto preenchido pelos respectivos pés e tornozelos. Estirado no carpete, o corpo do carteiro substituto com a cabeça voltada para o corredor, um dos braços no peito, o outro estendido pra fora. Estava morto.

Os três ficaram à porta, paralisados. Mayu sentou-se na beira do sofá e murmurou "Entrem, por favor", como se estivesse diante de uma mesa posta para o chá. Houve uma discreta movimentação para entrar, sufocada por uma inércia ainda maior. Nico olhou para as mãos. Seus dedos eram longos, proporcionais, um pouco peludos. Contou um a um, e havia cinco. Mesmo as unhas não apresentavam qualquer irregularidade digna de nota. Naquela hora, quis muito ser Andrew Boring e acordar no balcão da farmácia, de um susto.

"O carteiro substituto... Sempre com pressa. Nunca queria entrar para tomar um suco... Eu fui até a cozinha e... sabe, o espremedor estava fora da tomada."

Mayu agora tremia da cabeça aos pés. Teresa pensou em sentar-se no sofá para consolá-la, mas não conseguia tirar os olhos do corpo magro de Aidan, caído numa posição bastante discreta. Mesmo morto, Aidan continuava tímido. Tombara no canto, perto do corredor, que era pra não incomodar.

Pelo que depois ela foi contando, o carteiro viera entregar uma comunicação do banco que exigia a assinatura de Mayu. Aidan bateu palmas educadamente (a campainha estava quebrada) e não insistiu até que a moça viesse atendê-lo, um tanto afobada. O pai estava num dia ruim. Na semana anterior, passara a chamá-la de Yoko, uma das irmãs que morrera em Nagasaki. Naquele dia, pela primeira vez, referiu-se à filha como "mocinha", pensando que fosse uma empregada ou cozinheira da casa.

"Eu quero ver a minha filha", ele repetia. "Sua filipina desgraçada. O que você fez com a minha filha?"

Isso ocorrera pela manhã, antes mesmo de ele se levantar. Mayu desistira de tentar explicar e optara pelo silêncio. Na hora de ir ao banheiro, o velho recusou-se a seguir a impostora das Filipinas e fizera suas necessidades ali mesmo, na cama.

Mayu telefonou para Ada e pediu que a vizinha adiasse a visita da manhã. Não deu muitos detalhes, mas Ada intuiu que a situação era grave e lhe ofereceu ajuda. Cansada, nervosa, Mayu disse que não havia necessidade e que mais tarde telefonaria.

    A vida de Mayu até a hora do almoço foi convencer o pai a ir tomar banho (quarenta e cinco minutos), botar os lençóis sujos para lavar e passar uma escova com desinfetante no colchão. O pai ainda se lavava sozinho, mas Mayu deixava a porta semiaberta e ficava de sobreaviso o tempo inteiro. Arrastou o colchão para secar ao sol, no quintal, e achou que seria bom se o sr. Taniguchi fosse lá fora também, dar uma caminhada ao ar livre e esfriar a cabeça. Estava pensando também nela mesma. Como seria bom ficarem os dois sentados no jardim, esquentando-se ao sol e conversando.

    Mas nada voltaria ao normal: logo teria de contratar uma enfermeira em regime de meio período. Por sorte, o pai era magro e ela conseguia ampará-lo quando ele perdia o equilíbrio ou precisava ser carregado; a saúde física do sr. Taniguchi ainda era boa, mas a cabeça se deteriorava a cada dia, e ele agia de modo mais e mais imprevisível. Xingava, cuspia e arremessava coisas. Por causa do remédio, estava forte. Semanas antes, jogara um bibelô de porcelana em Ada, sem motivo nenhum, só porque ficou subitamente irritado. A vizinha prometeu não relatar o episódio a ninguém e tentou consolar Mayu, dizendo que ela não devia se sentir mal com esses rompantes de agressividade. Era uma doença, o pai não estava no controle de seus atos. A bem da verdade, Mayu ainda não havia chamado nenhum cuidador porque tinha vergonha do comportamento do pai. Não entendia como uma doença podia afetar a personalidade de alguém, tornando-o intratável.

Como sempre, o pai saiu pelado do banho e lá se foram mais vinte minutos para convencê-lo a vestir camisa e cueca. Preocupada com o calor, Mayu apanhou uma bermuda e ele foi se sentar na poltrona da sala, ao lado do sofá e de frente para a tevê. Perguntou se já era hora do jornal da noite, ainda que todas as janelas da casa estivessem abertas e o sol entrasse com força.

O almoço fora igualmente cansativo — o arroz parecia gordura humana, aquela carne não tinha gosto de nada (era abobrinha), o suco estava envenenado e ele faria questão de demitir todos os criados assim que a filha voltasse do mercado.

Quando a campainha tocou, portanto, Mayu estava tão exausta que quase implorou para Aidan entrar e tomar um suco. Gostaria de arejar as ideias, conversar com alguém lúcido e se distrair. Ele hesitou na calçada e se lembrou do que Aníbal havia dito: aceitar bolo e café não configurava nenhum tipo de prevaricação ou suborno no ato de ofício. Não seria demitido por justa causa.

"Um suco gelado, vamos! Estou indo agora mesmo espremer umas laranjas para o papai", ela insistiu. Fazia muito calor. Aidan abriu o portãozinho baixo, guardou um maço de correspondência avulsa no bolso externo da maleta (eram as casas ímpares, ele não podia esquecer) e foi entrando. Mayu deixara a porta da sala aberta e gritava, a caminho da cozinha:

"Você gosta do seu com açúcar? Ou só gelo mesmo?"

O rapaz não gostava de se comunicar gritando e fez menção de segui-la até a cozinha. Limpou os pés no capacho, deu uma espiada ao redor e viu o sr. Taniguchi sentado na poltrona, de camisa social e bermuda. Nos pés, calçava chinelos de couro como se pretendesse sair para caminhar, mas Aidan não conseguiu distinguir se o velho estava ou não cochilando.

"Boa tarde, sr. Taniguchi."

Continuou parado junto à porta sem obter resposta. Na televisão, tropas ianques investiam contra os japoneses enquanto mapas explicativos mostravam o avanço dos Aliados no Pacífico Sul. Mayu procurava a ponta da tomada do espremedor de laranjas, emaranhada com a do micro-ondas e a do forninho elétrico:

"Entra, pode entrar, e por favor senta aí que eu já vou", gritou. "Que calor, não? De ontem pra hoje o tempo virou depressa e o papai não está passando muito bem. E o serviço, como anda? Está atrasado?"

Aquele monólogo aos berros deixara Aidan à beira do desespero — sabia que precisava responder, mas não à distância, de um cômodo a outro, e continuava paralisado na soleira da porta. Tinha receio de acordar o sr. Taniguchi ou ter de puxar assunto com ele. Também estava envergonhado com o fato de ainda empunhar a prancheta, como um tolo funcionário de recenseamento — afinal, viera para entregar um documento e coletar a assinatura de Mayu. Não sabia se seria melhor deixá-la sobre a televisão ou o sofá. Na dúvida, continuou segurando.

Compreendia vagamente a gravidade da doença do sr. Taniguchi, porém, como nunca tivera um caso parecido na família, não tinha ideia de como agir. Temia se comportar como um desses sujeitos que falam ALTO e DE--VA-GAR com qualquer tipo de enfermo, como se fossem surdos ou estrangeiros ou focas que não compreendessem o nosso idioma. Também não queria ser ríspido nem desrespeitoso, por isso ficou ali por um tempo, na esperança de que Mayu voltasse logo. Respondeu um "Tá tudo bem" à meia-voz. Esgueirou-se discretamente e, de longe, tentou adivinhar se o velho estava de olhos semiabertos, fixos na televisão, ou se estavam ambos fechados e ele dormia.

No outro cômodo, Mayu, subitamente animada, conseguira plugar o espremedor na tomada e agora procurava o coador de plástico. Da última vez, fizera um suco para o pai e se esquecera de coá-lo. O velho quase engasgou com um caroço e ela prometeu que nunca mais cometeria esse erro.

"Coador... Puxa vida... Onde foi parar esse coador?"

Incomodada com o silêncio na sala, ela meteu a cara no corredor e gritou:

"Papai, olha quem veio visitar a gente. O carteiro!"

O rapaz adiantou-se para cumprimentá-lo:

"Oi, eu sou o Aidan. Tudo bem?"

Mayu deu-se por satisfeita e foi remexer no armário de panelas. Uma infinidade de frigideiras, leiteiras, potes, caçarolas, escumadeiras e raladores se amontoava no mais perfeito caos, uns sobre os outros, alguns entalados entre si. O barulho era de enlouquecer e Mayu praticamente se enfiou dentro do armário para cavoucar seu conteúdo, camadas e camadas de teflon e inox com tampas menores encaixadas em tigelas. O coador devia estar enfiado dentro de uma assadeira média ou de uma cumbuca de vidro, mas antes ela precisava tirar do caminho uma panela de pressão e outra de fazer macarrão, e aquela preta com as alças largas que usavam nos dias de sopa.

Uma tampa muito pesada escapou de sua mão e caiu no piso de ladrilho. Ao mesmo tempo, na sala, o corpo de Aidan tombou de costas, um braço no peito e o outro virado para trás, a palma da mão pra cima. O incidente.

Ao despertar de um cochilo leve, entrecortado por cenas da conquista do Pacífico, sentindo um calor de proporções filipinas e um mal-estar crescente, o sr. Taniguchi ouviu a empregada asiática mencionar algo sobre a visita do carteiro. Quando abriu bem os olhos, a cena era a seguinte: plantado de pé feito um soldado raso, diante de seu nariz, um ruivo magricela de uniforme amarelo sorria com receio. Parecia um tanto apavorado.

O sr. Taniguchi conhecia o carteiro Aníbal, um sujeito troncudo que cantava a altos brados e não deixava ninguém dormir. Esse era o carteiro. Conhecia também (de vista) o carteiro substituto, Aidan, ruivo magrelo e talentoso que estava diante dele com a farda dos correios e uma prancheta de acrílico na mão. Em algum recanto de sua mente, sabia de tudo isso. Mas o calor, a suposta empregada filipina, o barulho da artilharia dentro do armário de panelas, o uniforme engomado e o tom avermelhado do cabelo do visitante não deixavam dúvidas: aquele era um espião ianque e precisava ser abatido imediatamente. Naquele momento, o telefone começou a tocar. Ocupada com as panelas, Mayu nada escutou, e o pai deduziu: sirene antiaérea.

De um salto, o sargento Taniguchi voltou à ativa, pela honra do povo do Japão e pelo imperador Hiroíto: em questão de segundos, desarmou o combatente, apanhando o que havia de perigoso em suas mãos e lhe golpeando com vigorosas pranchetadas. Frágil, o material rachou em quatro pedaços. Enquanto Aidan caminhava para trás, apavorado, o sargento abriu o armário baixo, sacou o velho fuzil e disparou três vezes à queima-roupa. Só um dos tiros vingou — embora ele ainda lustrasse e limpasse a arma quase todos os dias, a munição era velha e Mayu duvidava que pudesse funcionar. O disparo foi certeiro e matou imediatamente o pobre servidor do Estado. A mão no peito fora uma tímida tentativa de se defender. A outra protegia a bolsa de cartas, sobretudo as correspondências das casas ímpares, como um pacote do Clube do Livro que Teresa tanto aguardava.

Quando Mayu enfim encontrou o que procurava, ouviu urros em japonês vindos da sala, alterados e hostis. Atravessou o corredor sem pensar, coador na mão, e foi dessa forma patética que vislumbrou pela primeira vez aquela cena, a mesma que Nico e Teresa veriam minutos depois no canto da sala. Tendo abatido o inimigo ianque, o sr. Taniguchi passou uns segundos gritando, então olhou para a filha, acomodou-se de volta à poltrona e dormiu.

Ela agachou-se ao lado de Aidan, tentou tomar-lhe várias vezes o pulso, apanhou umas toalhinhas de crochê da mesa de centro para estancar o sangue e caiu para trás, apavorada. "Pai? Pai, o que você fez?", mas ele já havia adormecido e pousara o fuzil ao lado da poltrona, para o caso de precisar se defender novamente.

Tal qual Aidan antes de morrer, Teresa, Nico e Iolanda ainda se encontravam paralisados junto à porta quando ouviram um barulho no portão.

"O que temos aqui? É uma reunião e eu não fui convidada?"

Era Ada trazendo uma tigela de couve-flor à milanesa, sorridente e curiosa, vestindo uma bermuda jeans e uma blusa florida de verão. Tentara telefonar mais cedo e, como ninguém atendeu, ficou preocupada e arrumou uma desculpa para vir. A couve-flor era da véspera, mas estava uma delícia.

Ao receber de volta três olhares de pavor, percebeu que a coisa era grave e gelou da cabeça aos pés. Abrindo caminho através da plateia entorpecida, Ada passou pela amiga sentada no sofá e seguiu reto até onde estava o cadáver.

"Meu Deus...", ela murmurou, e foi a segunda a tocá-lo. Na poltrona, o sr. Taniguchi ressonava. Ada viu o fuzil encostado na poltrona, a prancheta em pedaços, a bolsa de cartas jogada no chão e, de todo esse cenário, só não entendeu o coador no meio da sala. Mayu resmungava algo sobre os irmãos mais novos de Aidan, que moravam para além das montanhas e precisavam ser notificados. Nico, que tinha fobia de sangue, tentava não olhar para o corpo mergulhado em vermelho. Meio sem pensar, dirigiu-se ao espelho do lado da porta e viu seu próprio reflexo. Em Andrew Boring a gente podia confiar.

Respirando fundo, Iolanda se sentou no sofá e observou, para ninguém em específico, que a polícia prenderia o sr. Taniguchi. Seria provavelmente internado num hospital psiquiátrico e lá passaria o resto dos seus dias. Ou coisa pior: seria preso, julgado, condenado. Num lampejo de consciência, desses que ainda eram frequentes, ele um dia compreenderia, horrorizado, a atrocidade que cometera contra um sardento carteiro substituto. Seria como repetir a culpa pelas mortes dos camponeses e dos soldados Yuichi e Kazuo Nakamura, numa guerra sem sentido que durou trinta anos e só existiu em sua mente. Seria repisar suas lembranças mais indizíveis, os piores pesadelos, um erro eterno que o perseguiria a vida toda. Um sonho lúcido do qual não poderia acordar.

Os óculos de Aidan estavam curiosamente intactos, um pouco tortos em seu rosto, e Ada agachou-se para ajeitá-los. Ninguém disse nada por alguns instantes.

Quando, vinte minutos depois, Mariana bateu palmas na calçada, tentando chamar Mayu, a porta ainda estava aberta, mas tudo já havia sido decidido. Iolanda fora correndo ao salão da igreja pegar a lona azul da quermesse e já estava de volta, desamarrando o nó de sisal que mantinha o embrulho devidamente atado. Ada limpava as manchas de sangue da parede com um pano embebido em álcool. Depois, pediu uma flanela para lustrar o fuzil e o devolveu ao armário, retirando o restante das balas e guardando-as no bolso de Aidan. Teresa jogou no lixo os cacos da prancheta. Nico apanhou o coador do chão e ficou analisando os furinhos, como se estivesse numa missão. Sentou-se para não desmaiar e torceu para que Teresa não notasse.

Da rua, Mariana perguntou o que estava havendo, por que os cachorros estavam amarrados ao portão dela e o que era aquela movimentação lá dentro. Teresa disse que não era nada e pediu que a amiga levasse Tuco, Ananias e Mendonça pra casa. "Fica um pouco com eles no quintal e tranca bem o portãozinho dos fundos, por favor? Ah, e enche a tigela de água, se não tiver ração é só pegar no armário alto da cozinha", gritou.

"Tá tudo bem?", indagou Mariana, mas a amiga já havia entrado.

Nesse meio-tempo, o sr. Taniguchi acordou. Apanhou do chão a manta de lã, anunciou que estava cansado e que iria ao quarto cochilar. Pediu que a filipina fizesse menos barulho e saiu dali arrastando os chinelos. Mayu fechou a porta do quarto, coisa que nunca fazia, saiu do estado de choque e se pôs a trabalhar.

Por sorte, Aidan era magricela. No um-dois-três, Ada, Iolanda e Teresa ergueram o corpo enquanto Mayu o embrulhava numa colcha velha. Depois, rolaram-no em cima da lona, empacotando-o da forma mais rigorosa possível, e amarraram tudo com sisal. Deram uma grampeada nas pontas, só para garantir. Com a ajuda de Nico, agora menos pálido, carregaram o embrulho azul até o quintal.

 Teresa decidiu que nenhuma das cartas daquele dia seria entregue, nem mesmo o seu aguardado romance do Clube do Livro. Assim como, para Aidan, a morte havia sido no mínimo um inconveniente, todos ali teriam de arcar com algo imprevisto. Além disso, seria suspeito se os envolvidos recebessem suas cartas e os outros, não. A bolsa de correspondência foi deixada ao lado do embrulho azul no quintal, à espera do anoitecer.

 Agora, sempre que Nico despertava de um cochilo no balcão, havia um milésimo de segundo em que pensava: mas que pesadelo grotesco. Todos os seus sonhos posteriores teriam a ver com aquela tarde em setembro, quando a checagem de realidade fora implacável e não havia Andrew Boring em quem confiar. Ele se lembra em especial do barulho dos óculos esmigalhando-se enquanto o corpo estava sendo embalado — aquela armação quadrada e resistente, que não havia cedido no momento da queda, agora se estilhaçava no rosto do carteiro substituto e continuava a se quebrar em minúsculos caquinhos conforme as mulheres revolviam o cadáver.

Em nenhuma hipótese Otto poderia ficar sabendo. Por volta das seis, depois de ajudar a escovar todo o carpete da sala, reforçar a limpeza das paredes e passar um pano com álcool em todos os interruptores e maçanetas, Ada pediu uma roupa emprestada para Mayu, tomou um banho e retornou à casa amarela. De frente para a televisão,

Otto assistia a *Meu vizinho homicida*, sobre pessoas que moravam ao lado de um serial killer, jantavam em sua sala, participavam de grupos de leitura com um assassino sanguinário procurado em quinze estados. "Esta aquarela foi ele que pintou", apontava uma senhorinha, ainda incrédula. Braços cruzados, Otto fez questão de ignorar a esposa, que foi direto para o quarto trocar de blusa e guardar o grampeador da quermesse. Como ninguém perguntou, Ada não deu explicações sobre o que estava fazendo na rua até tarde. "Tá faltando uma tigela", ele resmungou, enquanto a esposa preparava o jantar. Ela explicou que deixara na casa do sr. Taniguchi com uma porção de couve-flor.

Lembrando-se repentinamente do acepipe à milanesa, Otto emburrou porque estava querendo comer aquelas sobras desde o dia anterior, como é que ela podia levar de presente para o vizinho sem pedir permissão? Então ficou de cara amarrada durante toda a noite. Estava sem fome e as costas doíam, provavelmente não conseguiria dormir. Não havia nada de bom na tevê e o livro policial que estava lendo era uma porcaria — ninguém, nem um norueguês, conseguiria se desfazer de um corpo tão fácil, e cavar sepulturas no jardim, e sair impune de um homicídio — essas coisas eram francamente ridículas.

Naquela noite, quando o marido estava nas últimas páginas do romance sobre escandinavos sangrentos, Ada lhe ofereceu uma xícara de chá de alface com três comprimidos esmagados de hemitartarato de zolpidem, segundo as recomendações de Nico. Ele bamboleou e foi mais cedo para a cama. Conseguiu ler um conto que falava da morte arbitrária de coelhinhos e se sentiu exageradamente emotivo, um dos efeitos colaterais mais curiosos do remédio para dormir. (Acessos de raiva, desilusão, ideias delirantes e comportamento inapropriado eram outras reações adversas.) Mas não houve tempo para refletir sobre seus sentimentos. Na sala, Ada aguardava assistindo a um especial sobre múmias. Quando voltou ao quarto e viu o livro largado no chão ao lado da cama, cobriu melhor o marido e fechou a porta, trancando-a por fora. Segundo Nico, teriam algumas horas de tranquilidade para trazer o corpo do carteiro substituto e enterrá-lo no quintal, removendo a cobertura de grama e cavando bem fundo. O maior jardim das redondezas. Ada, que sempre detestara os programas policiais do marido, inconscientemente registrou dezenas de casos criminais e arquitetou o crime perfeito: enterrariam o corpo no jardim da única pessoa que não sabia do crime. Teresa trouxe bulbos de tulipa para plantar em seguida, formando uma nova cobertura. A trupe decidiu soterrar também a bolsa de cartas e o coador.

O momento mais solitário do dia era a hora de fechar a farmácia: primeiro, ele conferia as vendas do período e contava o dinheiro. Embalava as notas graúdas e as empurrava para o fundo da caixa registradora, com um pedaço de papel indicando a quantia. As moedas e notas menores ficavam de troco para a manhã seguinte.

  Depois, Nico dava uma olhada no caderno de encomendas para ver se esperavam algum remédio para os próximos dias, dava uma alinhada nos xaropes e reorganizava distraidamente as embalagens avulsas de comprimidos. Então fechava todas as janelas: do estoque, do banheiro e da área de injeções. Desligava o computador, dava uma volta a mais na tranca do armário de remédios controlados. Por fim, lançava um olhar geral no estabelecimento, mais por melancolia do que por diligência. Caixas muito verdes, outras todas azuis, tubos e frascos coloridos enfileirados silenciosamente nas prateleiras. Uma balança dormindo em pé. Ninguém andando a esmo pelos corredores em busca de uma lixa de unhas ou dos últimos lançamentos em pedras-pomes. Aberto em cima do balcão, seu amado (e puído) *Dicionário de especialidades farmacêuticas*, um volume de 924 páginas contendo seis mil bulas de medicamentos de referência.

No dia seguinte seria preciso varrer, espanar a área de sabonetes, talvez arrumar melhor a estante dos fundos, lançar uma promoção de pasta de dente para desovar o estoque encalhado. Mas isso seria depois. Nico pensava em Teresa, apagava as luzes, fechava os vidros. Lá fora havia uma porta de aço de enrolar — como ele não tinha um gancho comprido para alcançar o alto da estrutura e puxá-la, costumava dar um pulo caprichado e trazer consigo a porta até o chão, o que às vezes fazia de novo só por diversão. Tirava o molho de chaves do bolso e trancava as duas travas laterais e o cadeado do piso.

Antes de ir embora, sentava no meio-fio para tomar um pouco de ar, brincando com os gravetos no chão. Gostava de olhar para longe — um dos problemas de se trabalhar na farmácia é que o olhar ficava confinado, meio esfumaçado, como se estivesse num sonho.

8. Otto

Era um documentário especial sobre a vida marinha, com cenas subaquáticas em alta definição e mergulhadores repórteres que acenavam para as câmeras, tentando sorrir. Mas era difícil respirar pela boca e sorrir ao mesmo tempo, sobretudo com aquelas máscaras apertadas. Havia muita dificuldade em ser feliz e despreocupado quando se possuía um contador de oxigênio caindo a cada minuto e um decibelímetro ou sabe-se lá como se chama aquele mostrador com que os mergulhadores acompanham a pressão debaixo d'água. Em anotações mentais, Otto enumerava os motivos para a miséria pessoal daqueles homens com pés de pato: primeiro, o cilindro de oxigênio, que ficava nas costas e tinha uma macabra coloração laranja, dando a impressão de que poderia explodir a qualquer momento, caso não fosse montado e regulado de forma correta. Segundo, o cinto de lastro de seis quilos que os puxava para o fundo. Terceiro, o colete bufante comandado por um botão vermelho (inflar) e amarelo (desinflar). Quarto, as nadadeiras gigantes. Quinto, a mangueira principal de oxigênio e a mangueira reserva, caso a primeira entupisse e você repentinamente perdesse o suprimento de ar. Sexto, a máscara colante que podia estar mal colocada e deixaria entrar água nos olhos e no nariz. Sétimo, a roupa ridícula de neoprene com luvas para combinar. Oitavo, a vontade súbita de fazer xixi.

Num outro programa sobre mortes horrendas a que ele assistira anos atrás com Ada, aprenderam sobre um sujeito que foi mergulhar sem haver terminado um tratamento dentário de canal, e, lá embaixo, suas obturações explodiram. E outro que, como Nico, sofria de disautonomia vasovagal, desmaiou em alta profundidade e foi encontrado horas depois, afogado. Tímpanos estourados e surdez permanente era o que de menos grave poderia ocorrer com as vítimas. O narrador do programa mencionava gente que subia para a superfície rápido demais e morria de embolia pulmonar, casos de hemorragia do globo ocular e um pobre rapaz que explodiu junto com seu cilindro de oxigênio.

Otto pegara o início da atração por acaso, numa manhã que se seguiu à fracassada reunião sobre a ruiva Eilinora, quando decidiu ligar a televisão porque estava cansado de respirar em silêncio. Logo seria o aniversário de três meses da morte de Ada. De início, Otto acompanhava desinteressado as imagens dos mergulhadores no oceano, os corais coloridos, os peixes cada vez maiores, o olhar vagando pela tela sem se fixar em nada — até que apareceram tomadas muito nítidas de um baiacu.

Era um peixe discreto, educado até, que nadava despreocupadamente à distância, cumprindo seus afazeres de peixe. De súbito, um mergulhador se aproximou e a criatura, apavorada, inflou loucamente. Ficou três vezes maior. E boiou à deriva.

Otto ajeitou os óculos. O baiacu parecia genuinamente incomodado consigo mesmo, os olhos esbugalhados saltando para fora do corpo redondo e desgovernado, as barbatanas minúsculas procurando em vão dar uma direção ao nado. A câmera fechou a imagem no baiacu. Otto decidiu que poderia passar o resto da vida assistindo àquelas cenas, repetidas em câmera lenta: o mergulhador se aproxima, o baiacu infla feito um balão. Ele vai sendo levado pelas ondas, inchado e confuso. Com os diabos se aquilo não era incrível. Ele apertou o botão de gravar e checou na programação do canal quando o documentário passaria novamente. Pela primeira vez desde a morte da esposa, concentrou-se em alguma coisa. Não estava contente nem tranquilo, mas devotou duas horas de sua manhã às ocorrências marinhas, ao incômodo autoinchaço do baiacu, à inconveniência de ter de pedir ajuda para tirar uma roupa justa de neoprene e ir fazer xixi. Nos créditos finais, virou-se para comentar alguma coisa, mas Ada não estava lá.

A fracassada reunião da vizinhança que redundou em uma nova lona foi revisitada dias depois na cozinha do sr. Taniguchi, desta vez sem a presença de Otto. Enquanto o pai cochilava, Mayu reuniu os vizinhos para discutir o que fariam com Eilinora, irmã do carteiro substituto, que trabalhava como passadeira desde o fim do ano anterior. O arranjo não estava dando certo.

    Logo após o desaparecimento de Aidan, houve uma desanimada investigação da polícia. Pouquíssima gente foi interrogada e não havia muitas pistas a seguir. Um dos únicos a depor foi o carteiro Aníbal, que, prestes a voltar de férias, ficou sabendo do incidente por decisão de Ada. Conhecendo há tanto tempo o sr. Taniguchi, não se opôs ao encobrimento do crime e ajudou a embaralhar as pistas do itinerário postal de Aidan no dia de sua morte. No fundo, o carteiro titular se sentia ameaçado pela eficácia do concorrente, e ficou secretamente aliviado quando o rival sumiu do mapa.

Chamado para depor, trouxe uma informação crucial: na véspera do desaparecimento, Aidan teria lhe confessado que pretendia largar tudo. Não aguentava mais a obrigação de sustentar os irmãos mais novos, egoístas e acomodados, e estava planejando sumir do mapa. Mudaria de país, arrumaria um emprego e começaria uma vida nova — quem sabe assim os irmãos aprendiam a se virar sozinhos. Não deixaria pistas nem levaria nada consigo. Sentia-se pressionado, sufocado e triste. Ao lavrar seu depoimento, Aníbal pediu que a polícia guardasse segredo e não contasse nada a Flynn e Eilinora, irmãos mais novos de Aidan, que de repente ficaram mais órfãos ainda.

Ada e Iolanda foram visitá-los para além das montanhas. Ela levou uma tigela de couve-flor e alegou que o carteiro substituto era muito querido na região. Estavam devastados com o sumiço do rapaz e gostariam de colaborar de alguma forma. Perguntaram se Eilinora, a mais velha, sabia fazer alguma coisa; ela disse que não. Acabaram contratando a moça como passadeira, antes de descobrirem que ela realmente não sabia passar roupas. No posto de faxineira e cozinheira era ainda pior, de modo que Eilinora não só permaneceu no cargo como recebeu fardos de roupa de toda a vizinhança, a fim de justificar o salário estupidamente alto. Ultimamente, Iolanda dera para se queixar e sugeriu que a remanejassem para outra função, como, por exemplo, cuidadora do sr. Taniguchi, moção rejeitada por cinco votos a dois durante a reunião na cozinha. Eilinora continuaria na função.

Desconfiado, o irmão mais novo, o ruivo de capuz, rondava periodicamente a área. Desconfiava que a comunidade sabia algo sobre o paradeiro de Aidan, mas não tinha como provar e, a bem da verdade, não se importava. Queria era saber como podia se aproveitar da situação. Tentou pedir dinheiro emprestado a Ada, sem sucesso.

Mariana foi a última a saber. Vendo a movimentação febril da vizinhança, desconfiou que soubessem algo sobre Aidan, mas não sabia exatamente o quê — a única coisa que Teresa confessou, depois de muita insistência da vizinha, foi que sabiam o paradeiro do carteiro substituto e que talvez houvesse uma tragédia envolvida. Mariana pressionou ainda mais. Ameaçou ir à polícia e praticamente desejou que a vizinhança a demovesse da ideia. Teresa disse que a decisão era dela e que ninguém a impediria de comparecer à delegacia. A antropóloga pediu detalhes do incidente, perguntou quem estava envolvido, se os irmãos mais novos sabiam, e Teresa respondia com evasivas. Na época, como de hábito, o marido estava fora da cidade. Mariana passou noites em claro aguardando seu retorno, que, por azar, tivera de ser adiado vezes sem conta. Enquanto isso, postergava a decisão. Passados tantos dias, já se tornara cúmplice por omissão.

Aos poucos, a jovem antropóloga formara uma ideia difusa do acontecido, que oficialmente preferia descartar como fantasia. O certo é que não havia sido um acidente e estavam todos envolvidos numa ocultação. Pensou em ir correndo à delegacia. Imaginou a polícia prendendo cada um dos vizinhos, algemando Ada e interrogando o sr. Taniguchi, remexendo o jardim de tulipas e esvaziando todas as casas — só sobrariam Otto e os três cães de Teresa, além do marido dela, que iria embora para sempre. E os chihuahuas. De certa forma, tudo já estava em seu devido lugar, não havia indícios de que algo de ruim ocorrera, e ela mesma não chegara a ver — então

Mariana deixou o tempo passar, recebeu o marido sem nenhuma palavra e foi o que aconteceu.

Como antropóloga, decidira respeitar uma cultura distinta e praticar o mais selvagem relativismo: não se meter nos assuntos alheios. Não era da conta dela, e quem sabe no ano seguinte voltaria à capital, deixando aquele pesadelo para trás. Em vez de denunciar o crime, decidiu combater as baratas, que haviam se multiplicado depois do enterro. Afinal, Aidan havia sido sepultado no jardim da casa amarela, colado à parede da cozinha de Teresa — coisa que Mariana não sabia com certeza, mas suspeitava. Knud Rasmussen não mencionara uma mulher esquimó que matou dez de seus vinte filhos por sufocamento, pois não tinha como sustentá-los? E os astecas, que sacrificavam uns aos outros em larga escala? O que dizer dos índios que canibalizaram o bispo Sardinha? O relativismo ajudou Mariana a distanciar-se do fato, ainda mais porque, a rigor, ela não sabia de nada.

De sua poltrona na sala, Otto considerou várias hipóteses: o ruivo de capuz era amante de Ada, Eilinora era uma criminosa responsável pela interceptação, extravio e venda de correspondência para fins de chantagem, Iolanda tinha um passado nazista, a esposa havia morrido por overdose de Proteção Antecipada. Todos usaram o remédio de Nico para apagar as impressões digitais e sairiam impunes do que quer que fosse. As baratas, que continuavam acorrendo à casa de Teresa aos montes, eram prova de que havia algo de sinistro por lá — não se sabe exatamente o quê, nem se tinha importância depois de tanto tempo. Uma coisa era certa: Ada ocultara do marido, durante meses, algo muito grave, com a conivência e a cumplicidade de todos os vizinhos. Todos, sem exceção. Talvez até se reunissem no salão da igreja para rir de

Otto. Talvez ele fosse uma piada interna entre os moradores do vilarejo. Nico e Iolanda dariam seus palpites sobre a conduta do velho, Ada lhes repassaria informações constrangedoras e todos se divertiriam ao intrometer-se em sua vida conjugal. Ao morrer, Ada levara consigo sua única chance de confessar.

Apesar de tudo, havia um mundo de baiacus lá fora, de lulas neurastênicas e mergulhadores com vontade de fazer xixi, então, naquela manhã, Otto encomendou a Nico um carregamento inteiro de tampões de espuma, em embalagens de dois, para abafar o ruído e as conversas dos vizinhos. Se Mariana conseguia passar a noite sem ouvir os roncos do marido, ele também conseguiria levar a vida sem saber a verdade. Puxou a manta para encobrir melhor o joelho e sintonizou no Canal Animal, onde certamente haveria algo de interessante até o fim de seus dias. Não assistiria mais a séries policiais, decidiu, nunca mais.

Foi numa segunda-feira de manhã, em março, depois do café. Otto e Ada haviam ficado acordados até tarde no domingo tentando consertar uma balança digital e assistindo a um programa americano sobre crimes não solucionados enquanto se entupiam de biscoitos de morango. Pela manhã, Ada acordara um pouco mais tarde do que o habitual e, depois do banho, decidira pular a aula de ioga e partir direto para o café.

Otto se levantou com os olhos grudados de sono e seguiu a ordem de geleias: morango, laranja, uva, framboesa e goiaba. As torradas eram do fim de semana e Ada queixou-se de fadiga, provavelmente porque dormira pouco. Ainda assim, separou uma tirinha do jornal e a mostrou ao marido; era das mais tolas e ele demorou para achar graça. No primeiro quadrinho, um menino caminhava pela rua e sentia uma pontada de dor no pé. No segundo, tirava o sapato e o erguia diante dos olhos, examinando-o para ver o que havia dentro. O terceiro quadrinho mostrava o menino soterrado por um rochedo.

Ada comeu com o apetite de sempre e tomou duas xícaras de café com leite. Foi Otto quem se levantou para pegar o cereal e misturá-lo ao iogurte. Serviram-se de melão em fatias, queijo branco e prepararam diminutos sanduíches de frios. Os croissants de chocolate eram obrigatórios e substituíram o bolo de fubá que ela não havia feito. Ada perguntou se ele havia demorado para dormir, como estavam suas costas e se ele queria mais pão. Informou que talvez cancelasse a visita daquela manhã ao sr. Taniguchi, pois estava se sentindo realmente cansada. Ainda assim, levantou-se e foi lavar a louça. Otto ajudou a enxugar os copos. Já bem desperto, perguntou se o leite estava acabando e se ela não achava aquela marca de iogurte aguada demais. Ada deu de ombros e enxaguou uma embalagem vazia de suco, empurrando-a no canto da pia para deixar secar.

O dia amanhecera frio e úmido, sem vento. Era evidente que, lavadas na véspera, as roupas ainda pesavam no varal, os elásticos das calças empapados e as toalhas viradas do avesso. Ainda assim, Ada disse que iria lá fora dar uma olhada. Otto guardava os últimos talheres quando ela abriu a porta da cozinha e soltou um suspiro de fraqueza. Repetiu que estava cansada e sentou-se no degrau. Ficou por ali mesmo, calçando um chinelo de pano, repetindo que estava cansada, muito cansada, cansada pra burro.

Agradecimentos

Ao dr. André Maame Cafagne, pela consultoria em questões psiquiátricas e efeitos colaterais dos medicamentos. A Eraldo Medeiros Costa Neto e Josué Marques Pacheco, biólogos da UEFS (Universidade Estadual de Feira de Santana) e UFSCAR (Universidade Federal de São Carlos), pelo artigo "Utilização medicinal de insetos no povoado de Pedra Branca". A Hiroo Onoda, autor de *No Surrender: My Thirty-Year War* (1999, Naval Institute Press). Aos carteiros mandaquienses Vitor "Gigante" da Silva e Joelison Santos de Oliveira.

Este livro foi impresso
pela Geográfica para a
Editora Objetiva em
outubro de 2013.